全民微阅读系列

一只从水井跳出的青蛙

马 卫 著

江西高校出版社

图书在版编目(CIP)数据

一只从水井跳出的青蛙/马卫著. —南昌:江西高校出版社,2017.9(2020.2重印)
(全民微阅读系列)
ISBN 978-7-5493-6058-1

Ⅰ.①—…　Ⅱ.①马…　Ⅲ.①小小说—小说集—中国—当代　Ⅳ.①I247.82

中国版本图书馆 CIP 数据核字(2017)第 225569 号

出 版 发 行	江西高校出版社
社　　　址	江西省南昌市洪都北大道 96 号
总编室电话	(0791)88504319
销 售 电 话	(0791)88592590
网　　　址	www.juacp.com
印　　　刷	永清县晔盛亚胶印有限公司
经　　　销	全国新华书店
开　　　本	700mm×1000mm　1/16
印　　　张	13.5
字　　　数	180 千字
版　　　次	2017 年 10 月第 1 版 2020 年 2 月第 2 次印刷
书　　　号	ISBN 978-7-5493-6058-1
定　　　价	36.00 元

赣版权登字-07-2017-1163
版权所有　侵权必究

图书若有印装问题,请随时向本社印制部(0791-88513257)退换

目录 / CONTENTS

稻草人像谁　　/001

半瓣豌豆　　/002

脐橙泪　　/005

柿树下　　/009

于矮子　　/013

七爷的坟上不长树　　/016

石匠　　/019

酸梨　　/024

灵耳　　/028

偷甘蔗　　/031

红杏　　/034

石榴　　/038

一个听众　　/042

卖山货的女人　　/044

青月和柿子　　/048

粮心　　/050

尊重　　/053

红帽儿　　/055

一巴掌　　/058

大 M　　/062

两百瓶啤酒　　/065

流浪的故乡　　/068

朱小工　/072

刘二打工　/075

樊五种树　/079

救命老鼠　/083

青梅　/086

查跛子　/089

幸福房二号　/092

一捆绳子　/095

谁的种　/098

一头牛　/100

狗狗的选举　/104

克拉克山羊　/106

咩咩咩　/110

父亲放羊　/112

花子　/115

猎手和猴　/118

博士还乡　/120

老万和鱼　/123

一只从水井跳出的青蛙　　/126

羊奶　/129

一只想领头的羊　　/132

鱼局长　/134

蛇功　/138

李教授　/140

荔枝泪　/143

一包红稗子　/146

错别字　/148

特殊家长　/151

一盘棋　/153

最后一课　/156

义举　/160

借钱　/163

黄风骨　/166

议姐　/168

三阴症　/171

我得了梦游症　/174

我告我行不　/177

寻找李世民　/179

谁是领导　　/182
傍晚敲门的女人　　/185
机器人局长　　/188
村主任的保证书　　/192
稻草人参选　　/195
被憋死的男人　　/197
集体哑巴　　/201
腹语　　/204
善言　　/207

稻草人像谁

谷子快黄了,家家在田里都竖着稻草人。

村主任在夕阳下趔趔趄趄回家,边走边嘟哝:"这死乡长,说不喝不喝,喝起来没完。"忍不住哗啦啦地在田埂上呕吐起来。晚风一吹,清醒了许多。哎呀,怪事,这田里的稻草人,戴草帽,酡红脸,牙齿还有些往外蹦。这不是……

谁这么大的狗胆?敢把稻草人做成我的模样!

村主任愤愤不平。他走到另一条田埂上,那田里的稻草人在晚风下发出格格的声音。样子也是戴草帽,酡红脸,牙齿有些往外蹦,村主任一看,这又是他的光辉形象。他干脆穿过一条又一条田埂,见到田里一个又一个的他。真的出了鬼。

村主任闯进杨国安家,这是全村最胆小怕事的蔫老头,他也敢乱用我的光辉形象?

"杨国安,你吃了老虎胆,敢用我的样子来唬麻雀?"

正在吃晚饭的杨国安吓得碗都打泼了。

"村主任,不用你的相不行呵,那些麻雀,别人的相根本吓不倒。你不看家家都把你的相扎在田里,你是我们村的神呵。"

村主任有些得意地哼着歌走了,有些淫秽的声音在田野回荡:"一百五,摸你的手,二百八,摸你的胯……"

村主任回到家,老婆正在屋檐下扎稻草人。村主任一见,乐了,他不出声,看她扎的像谁。左看右看都不像他,村主任大吼一声:"错了!"

他老婆吓了一跳:"什么错了?"

"要扎我的相才唬得住麻雀。"

村主任的老婆笑了:"你不想想,你唬得了别家的麻雀,自己田里的麻雀会怕你吗?"

村主任说:"那你用谁的相?"

"用谁的,我的呗。"

村主任恍然大悟。第二天他家的田里竖着他老婆的相,精精瘦瘦的,披着件花衣裳,妖里妖气,麻雀真的不敢来了。

那年的稻谷丰收了,村主任和乡长不知又醉了多少回,只是他每回醉了走过田埂,想起那用他的相做的稻草人,就忍不住得意起来,就会哼起那跑调的歌:"一百五,摸你的手……"

半瓣豌豆

李孟如忐忑不安地走进会场。

说是会场,其实是小学的操场,一道锈迹斑斑的铁门,一道沙砖墙,在李孟如眼中,就像是一双双菜花蛇碌碌转的眼睛,在窥视他起伏不平的心。说实在话,要不是乡长的小舅子麻歪嘴说不来参加会不投他的票,今年别想领到一钱救济粮,那八抬大轿也不会来参加这该死的选举会。

干部们正在清点人数,然后一人发一颗豌豆。村里为了简便,还有大多数上年纪的老人都不会写名字,连识数都有些困难,因此就用豌豆代替选票。

接着是介绍候选人。

王弼山,也就是乡长的小舅子,这个无恶不作,游手好闲的人,被吹得比孔繁森还孔繁森,比焦裕禄还焦裕禄。

李国元,一个退伍军人,村里人谁家有困难,他都主动帮忙,却三言两语地介绍。参加过好多回选举的李孟如,巴不得早点结束这该死的会,回家哪怕是砍一根竹子编一只筐也比这有用。但他不能走,进了会场,他就发现麻歪嘴用他那特有三角眼在肆无忌惮地逡巡:他在看哪些人来了,来了的人哪些会投他的票!

李孟如心中不由得一个寒噤:看来不投他的票还不行。

这时候是候选人发言了,其实是在竞选,在发表竞选宣言。乡下人懂不了那么多,统统称为发言。

王弼山的发言音大声宏:"如果我当了村主任,每年我给全村争取比现在多三倍的救济粮,多五倍的救济款!"

李国元的发言细声慢语:"如果我当了村主任,争取一年后不要国家的救济粮,救济款。我们村的红砂多,挖砂卖给炼废铁的,不要本钱,只要劳力;我们村的黑水凼沟,清清的水一点都没有污染,养出的鱼,城里人一定喜欢;我们村出产最多的稗子,是最好的啤酒原料;我们村的荒山秃岭,最适合种金银花……"

村民们频频颔首。我们黑水凼,难道一辈子靠救济?

贫穷并不可怕,可怕的是不去想法致富。

李孟如却阖着眼皮,像老僧入定。

王弼山和李国元背后各有一只碗,人们轻轻地从背后走过,

轻轻放下那颗神圣的豌豆。

唱票的是乡妇女主任,监票的是全村德高望重的青山老爷。

一票,一票,记数的"正"字揪动每个人的心。

两个人的选取票交替上升,看得李孟如眼睛发酸,听得他血压升高。

全村来参会的487人,当唱票的念到王弼山243票时,好多人都紧张了,毕竟一个村的命运交给一个乡下喊的"二流子",大伙儿不情愿呵。

接着是宣布李国元的得票,不多不少,也是243票,人们都有惊奇了:这平票,两人又都没有过半,会不会重选?

参会的人,有一个没有投票,他是谁?

李孟如头上冒汗,胯脚尿急。好在人多,大家也不会轻易发现。这时,主持选举会的村支书说话了:这儿还有一票,我们从王弼山的碗中找到了半瓣豌豆,我们从李国元碗中也找到了半瓣豌豆。我现在征求大家的意见,是重选,还是咋办?

大家不说话了。

如果谁得了那票,谁就领先,也过了半数,就会当选。

半瓣豌豆,像火在燎大伙的心。

全场冷寂,连每人的呼吸都听得清。

李孟如心中更紧张,就像刚拿了东西的小偷。

大家的眼中望着主席台,望着青山老爷。在我们黑水凼,青山老爷就是活神仙,没有他解决不了的问题。

青山老爷的鸡皮脸没有表情,那白髯髯的胡须在微风中飘动,那历尽沧桑的眼似闭非闭,似睁非睁。

村支书悄声细语:"青山老爷,你看……"

老人摆摆手,然后叫来王弼山、李国元:"你们各得了半瓣豌豆,也就是半票,如果重选,总有个人要丢面子,如果不重选,又不合选举法,你们说咋办?"

二人同声说:"我们听老爷的。"

"那好,按我们黑水凼的风俗,如果两瓣一样大,你俩抓阄;如果两瓣不一样大,那瓣大就算一票,四舍五入嘛。"

这时两人都不知谁碗中的那瓣大,想都不想就答应了。一行人都到两只碗前,王弼山惊呆了:他碗中的那瓣其实只有三分之一瓣,李国元碗中的那瓣有三分之二瓣。豌豆是用牙齿咬破的,那牙龈上脏兮兮的污垢仍在。

李孟如摸了一下自己的腮帮子,心里暗暗地乐。会后像娶新媳妇一样,悠悠地溜回家。

但第二天他就不乐了:上头宣布选举作废,重选。这回不是发豌豆,而是一人一颗小石子儿。可选举结果却悬殊:王弼山125票,李国元352票,遥遥领先。

李孟如心里比头次还乐,因为那半瓣豌豆,试出了人心。

脐橙泪

李林正拿起竹篮和木梯子,往自己的脐橙林里走。

这是长江边的贫困山区小县,农民的主要收入就是靠脐橙。李林是个种脐橙的能手,他种出的脐橙个大,味甜,远近闻名,因

此他没有像别人那样到南方去打工,而是老老实实地在土地里刨食,供养自己的一双儿女读书。这是一对龙凤胎,十五岁了,同时考上了夔府中学。这是县里唯一的重点中学。每月两个孩子的学费都要五百块钱,每学期学费两个孩子共要三千元。上面说减轻农民负担,这高中生的学费却越来越贵。好在孩子成绩好,尽管累得才三十七岁的他背已驼了,头发也白了,但心里乐滋滋的。

不送孩子读书?难道祖祖辈辈都种脐橙?

他爬上坡就看见自家的脐橙林。

李林刚搭好梯子,村主任胡德启就来了:"李老表,不要摘。"

"村主任,我得摘了呵,不然全熟了,我摘不赢。"李林不敢和村主任攀什么亲,人家是地头蛇,自己算什么?平民百姓一个。

村主任客客气气地过来,给李林散了支"龙凤呈祥"烟,李林有点不敢接。村主任什么时候给人家散过烟呵,而且是这么贵的烟,十块钱一包。他一般抽两块一包的"朝天门"。

"你嫌烟差?"

李林只好接过烟。看来村主任一定有什么事求他,不然不会这么客气。

"我说老表,你的脐橙这么好,又在路边。刚才乡里给我打了个电话,说是县上要来拍专题片,乡长说拍我们村的,还要有乡长摘脐橙的镜头。你家的脐橙,等乡长和拍电视的来了再摘。"

李林木木地站在那儿,有点不知所措。

"让你上电视,给你免费宣传还不好吗?"村主任见李林这样子,心里不高兴。

李林本想摘个千把斤的脐橙先卖着,因为孩子每月的生活费得按时给。

"我不卖脐橙,娃儿的生活费咋办?那是定时定数要交的。"李林说。

"你先借来用着,也等不了多久的事。说不定以后卖的价高。"

李林只好听村主任的,拿起空竹篮又回到家。

一周过去了,脐橙的皮变得黄亮亮的,全熟了呵,别的人家已请人摘了。要说价格,肯定是先上市的价高。

李林只好爬过一个山坡,来到村主任家。

村主任正和老婆在家拣刚下树的脐橙,大的、小的,得分不同的类别,各卖各的价,这样划算得多。一起卖,价会被压得很低。

"村主任,乡长和拍电视的什么时候来呵?"

村主任说:"我打电话问了,乡长正在县上开会,开完了会就回来。"

听了村主任的话,李林也不好再多说,转背就走。

又过了一周,乡长还是没有来,其他人家的脐橙已下得差不多了,只剩下李林家的,黄澄澄的一片,老远就能看得见。为了守好脐橙,李林天天晚上都得住在脐橙林里。那个窝棚,到了夜晚就有些冷,哪有热炕头舒服哟。

盼星星,盼月亮,就是盼不到乡长来摘脐橙。

孩子周末又要回家拿钱了,上次的钱还是找孩子的二姨借的,说好卖了脐橙还。可脐橙还挂在树上。人家也不宽裕。

老婆说:"管他乡不乡长的,咱摘自己的脐橙,关他什么事。也不上他那个电视。咱老百姓,上电视干什么?"

李林说:"我再找一次村主任吧!"

村主任依旧是那个笑脸,但笑得很勉强。还没有等李林说话,当着李林的面就给乡里打电话。

"呵,是覃秘书呵?乡长什么时候来我们村看脐橙?人家等不及了。"

电话那头的覃秘书发火了:"你忙还是乡长忙?全乡两万多人的事重要还是那家人的脐橙重要?再等一周,乡长正在陪县里的扶贫考察小组,要不来这个项目,全乡都得受穷!"说完"啪"的一声挂了电话。

村主任用的是免提,因此李林也听得清清楚楚。村主任也不容易呵。

村主任望着李林,还用说什么呢?李林只好又无精打采地回家了。

下一周乡长仍然没有来。脐橙熟透了,李林只有干望着。他不敢摘,毕竟乡长发了话的,全乡宣传好了,早点脱贫,关系到两万多人的生活呵。

又过去了一周,乡长还是没有来,脐橙开始掉了,在地上腐烂,发出种酸霉味,怪难闻的,叫人作呕。李林和老婆望着脐橙林,欲哭无泪。

乡长终于来了,那是在一个月之后。陪同的村主任和随行的电视台记者一起来到李林的家。家里没有人,一把锁挂着。

"李林,李林,乡长和电视台的记者来了!"

好一阵,才有个人说:"村主任,你别喊了,李林一家人早走了?"

"走了?哪儿去了?"

"听说是进城捡破烂去了!"

"他家的脐橙呢?"

"脐橙？脐橙还在坡上呵！"

一行人来到坡上，只见脐橙稀稀拉拉的挂在树上，地上全是烂的。

乡长和记者用手巾纸捂住鼻子。记者嘴里还嘟哝道："这家人也真是的，这么好的脐橙，白白糟蹋了好可惜哟！"

只有乡长和村主任明白，两个人的脸都变得比脐橙皮还黄。

好久好久，村主任才得到李林的消息。他和老婆一起在县城捡破烂，一天的收入竟有几十块钱。那一年下来不是上万块钱吗？比种脐橙强多了。

村主任望着遍山遍野的脐橙，说不出话来，心里倒是赞同李林两口子的做法。

只有李林的脐橙不明白，主人为什么会弃它们而去呢？

柿树下

秋风一吹，柿子就像少女的脸，羞红起来。望着一树树的果实，麻昌山的眉头却越锁越紧。

今年的柿子价贱得很，比往年的价钱要少一半，天天喊脱贫，可农村的东西比草还贱，拿什么来脱贫？当初驻村干部说，城里人越来越爱吃野生的食物，比如柿子做成的柿饼，因此全村都种柿子。头两年价钱还可以，可现在城里人对柿子不喜欢了，这脱贫的事又落了空。在县城读书的女儿每月要生活费，提留款又要

交了,麻昌山一夜都没睡好。早上正入梦,老婆秋英却狠狠扇了他的屁股:"太阳都要钻进你裤裆了,还不起来摘柿子!"

心里尽管十分不情愿,麻昌山还是迷迷糊糊地起床。吃了碗昨夜的剩饭,背起背篼就出门了。迷迷糊糊地来到自家柿树林,看着一树树灯笼似的柿子,心里却是哀叹。吸了一袋烟,才慢腾腾地上树,却提不起劲来。黄亮亮的柿子在他眼中,越看越像一个个过了期的鸡蛋黄,发出种臭味。麻昌山把竹篮挂在树枝上,十二分不情愿地摘。后来懒洋洋地靠紧两枝大桠巴,居然瞌睡起来。

好一会儿,他才从迷糊中醒来,因为树下传来喁喁私语。

树下的人不是别人,是驻他们村的乡干部大东和阳嫂。大东是乡农技员,却不会一点农活,整天在村里晃,他的大哥是副乡长,别人也不敢说三道四。阳嫂是乡妇联主任,丈夫在县城的一个局当司机。俩人都才三十多岁,走热了,在柿树下歇凉。树下的声音渐渐热烈,那种农村常见的笑话,就像山泉一样汩汩地流出。

麻昌山这时没有心情听他们的话,心中只有钱,不给孩子筹齐学费,孩子就要辍学。自己这代人吃文化的亏太多,因为不认得字,连城里打工都不敢去。记得有年上县城买东西,上公厕不认识男女二字,走错了门,差点被人当流氓打一顿。无论如何得让孩子读书啊。

麻昌山不敢动,怕有响声打扰下面的二位,别的不说,只要在救济粮救济款上做点手脚,一家人就得亏不少。全村三分之一的人家要靠救济粮救济款过日子。

树下的声音变了,是那种喷喷的细碎声。麻昌山偷偷地往下一瞧，二人正在亲吻。当然麻昌山不懂什么是亲吻，乡下人叫作"打啵儿"，电影中有这个镜头。但麻昌山还是不懂得什么叫亲吻，因为他的老婆是花钱从陕西那边买来的，根本没有这浪漫的细节，入洞房前没有拉过手，入了洞房根本来不及亲吻。

麻昌山的心也在变热，而树下更是越来越亲热。

他们开始脱对方的衣裤。

麻昌山赶紧闭上眼睛，乡下的风俗这是最不吉利的，一句民谚叫作：宁愿给人停丧，不愿看人连裆。一旦连了裆，得给主人家披红挂彩，驱除邪气。麻昌山心想，这株柿树完了，被这霉气一熏，明年绝对一颗果实也不结。

树下哼哼哟哟，麻昌山的心痒痒的，裆部也凸起来。自己的老婆可从来没有这么叫过床，每次就像根木桩桩。这一激动不打紧，身子一用力，啪啪啪，一颗颗柿子被振落了，吓得树下二人像触电般惊战。

大东起来，赶紧穿上裤子，四下一看，却什么也没有发现。

阳嫂睁开眼，大叫一声："我的妈呀，羞死个先人了！"

大东说："在哪里？"

阳嫂道："树上！"

大东发现了，原来这树上还有一个人在摘柿子。二人也来不及细看是谁，慌慌张张地逃了。

麻昌山心想，坏了，他们肯定看清了我是哪个，况且一问就会知道这是谁家的山林，这救济款救济粮泡汤了，如没有这两样，这日子怎么过呵。他又想到了女儿的学费，想到女儿会失学，心像刀在刮。麻昌山急急忙忙地下树，也不要摘柿子了，背起背篓就往回走。回到家，老婆还在喂猪食，问他咋这么快就回来了，离吃

中午饭早得很。麻昌山给老婆一吼:"你晓得个卵!"然后就往村主任家跑。

麻昌山知道,驻村干部都在村主任家吃饭,来来往往都扎在那儿。当他引起村主任的狗叫时,半天才敢怯生生地喊:"村主任,村主任!"

半天村主任才出来:"喊丧呵,有啥子火烧屁股的事?"

麻昌山嗫嚅半天才说:"我想见下驻村干部。"

村主任:"他们正在和我研究我们村脱贫致富的大事,你捣什么乱!"

麻昌山:"我真有急事呵,我,我……"

村主任恨恨地回到屋,不一会儿大东出来了:"你有啥事?"

"我,我,我什么都没看见呵,你们千万别扣我家的救济粮救济款!"

大东的脸一下红了,翻翻白眼说:"你这个疯子,说什么疯话,滚开!"

麻昌山绝望了,心想这下不挨整才怪!

回到家,老婆秋英上坡去了,麻昌山又来到那棵柿树前,用刀狠狠地砍,柿子们泪珠似的往下掉,掉得麻昌山心疼。都怪这该死的柿子树呵,惹出这场无名祸!

刚好,村主任的儿子圈圈从坡上回来,见到发疯似的麻昌山,问道:"麻叔,你发哪门子神经?这树惹你了吗?"

麻昌山不答,口中仍念念有词:"都是你这该死的柿子树,断了我们一家人的活路!都是你这该死的柿子树呵……"

手中的刀挥舞不断,突然麻昌山不再对准那株苍老的柿子树,而是对准自己的喉咙……

麻昌山扑倒在地,鲜血喷涌,只有那声音还在山野回荡,久久不绝:"都是你这该死的柿子树呵……"

圈圈目瞪口呆,不知所措。而那株柿子树,虽然受了好多刀,仍然挺立不倒。

于矮子

于矮子矮,背驼,躬着腰,只有三尺高。他不是小儿麻痹症,而是小时摔伤了腰。在我的老家,于矮子出名,因为他剃得一手好头。

那是20世纪70年代中期,没有电,当然也就没有电吹风一说,更没有什么热烫冷烫离子烫,理发主要有这几种:光头,理这种发的人少,一是犯人全是光头,谁也不愿像犯人;二是老年人,七老八十的才剃光头。然后是偏分头,这种以学校的老师、医院的医生为主,一看就知道是知识分子。再是平头,就是一般的人理的。要想头做出发型,就要用火搭钩烫发。

于矮子的技术,就体现在这个方面。

先是把火搭钩在煤炉中烧红,然后放在冷水中。什么时候拿起来,温度刚好,既能烫鬈头发,又不伤头发,太难了。当时附近的五个公社,能拿捏火候到位的,除了于矮子,没有第二个人。

当然于矮子的生意就好啦,他除了给新郎理发,给领导理发,就没有多余的时间给平民百姓理发。大家不恨他,因为人家是矮子嘛,残疾人。那时也不兴残疾证,也没有什么低保一说,于矮子

凭他的手艺养活一家人呢。

别看于矮子长相丑,却讨了一个好老婆,比他小十几岁,花朵儿一般漂亮。还给他生了一个白白胖胖的儿子呢。赖汉娶好妻,鲜花插牛粪的事,并不新鲜。

于矮子老婆叫梅红,平时给他打下手。比如,他要给客人刮胡子,梅红就绞热帕子。他要给客人洗头,梅红就兑好热水。总之,夫唱妇随,生意兴旺。

但是,好景不长,公社对有手艺的人员,要进行集中学习,严防"新生资产阶级"。

于矮子不得不关门,背上铺盖卷来到公社学习班。这些人全是木匠、石匠、篾匠、泥水匠、雕匠等等。其他人学了一周,陆陆续续地回去了,这于矮子一去不复返,说是他抵抗学习,态度不好,要继续改造。

梅红没有参加过生产队的集体劳动,往年虽然分了口粮,但得用钱补生产队。上老下小,一家几口人,全靠于矮子的一双手,他不在了,这个家的天就塌了。梅红那年26岁,不打扮,仍然令人心动。她前突后翘,不像一般的农村女人,整整一个黄桶腰。

这天,她背着个小包包,里面是于矮子的换洗衣服,还有点好吃的东西,来到公社办的学习班。学习班在一个山包上,原先有座庙,后来废了,变成了学校,后来新修了学校,这儿成了空房。公社惩罚这些"五匠"人员,就在这儿办学习班。除了学文件,还要参加劳动。

班主任是公社副主任,姓杨,本来是个农民,当过兵,复员后成了半脱产的公社干部。

梅红认识杨主任,因为他经常到于矮子的店里来理发,每次都要烫发,把头发拉得直直的,然后后拖,成大背头,特有气势的。他的眼睛在梅红的胸和臀上滴溜溜地转。如果于矮子没有注意,他还顺手在梅红的身上抓一把。

梅红见到他,心里有些怕。

越怕越来事,果然,杨主任对她说:"于矮子的问题严重,已蜕化成了'阶级异己分子',搞得不好,要判他的刑!"

梅红傻了眼,要是于矮子判了刑,这个家不垮才怪。

杨主任脸色阴暗,语气沉重。

过了一会儿,杨主任才说,"当然,我们也不忍心让于剃头匠去劳改,但你要依我一件事。"

梅红不明白是什么事,她要问,杨主任说,"你跟我来!"

梅红只好跟着去了,是杨主任的办公室,就在那里的藤沙发上,杨主任把梅红强暴了。说强暴也许不恰当,因为梅红压根儿就没有反抗,她昏头昏脑的,等一切结束了,杨主任在穿裤子,才想起自己被害了,泪一下就涌了出来。

于矮子照常开他的理发店,生意照常红火,只是以往小店的笑声再没有了。直到有一天,杨主任来理发,他躺在木头做的椅子上,闭上眼睛,等于矮子给他刮胡子。

于矮子手中刮胡刀,在他的脖子上轻轻一旋,杨主任再也没有起来。

当时我才10多岁,听说出了个杀人犯,叫于矮子,居然把公社副主任给谋杀了。我听得不明不白的,因为大人们有些话是避着我的。

于矮子被枪毙了。

从此,我的老家,再没有用火搭钩给人烫发的手艺流传。

七爷的坟上不长树

七爷的坟上不长树,让七爷的后人忧心忡忡。我们黑水氹的风俗,祖坟上长的树越多、越大,尤其是弯弯柏木杆壮叶茂,那么他的后人就会越来越发,做大官,发大财,飞黄腾达。

七爷是为树而死的。不是为一棵树,而是一片树,一片杜仲林。

土地到户时,集体财产分给了社员们。最后,队长杨麻子才想起还有一片杜仲林,最大的才大拇指粗,小的才筷子细,说是杜仲林太夸张了,叫杜仲苗还差不多。当时大家说,算二十块钱,谁出钱,那片杜仲林就是他家的。当时全队差不多一半的人家都欠生产队的口粮钱,这时只有七爷家能拿出现钱来,因为七爷有个在小煤窑当工人的儿子,那片杜仲就成了七爷家的。

日子一晃过去了三年,可七爷唯一的儿子在煤窑里遭瓦斯爆炸落下了残疾,成了残疾人回到家。而七爷在不知不觉中老了。那片杜仲林也在不知不觉中变粗了,变密了,只不过当时杜仲还贱得很,谁知,没过几年,风云突变,中草药价格一路飙升,涨得让人眼发直。原因是全世界都进口中药,说是"中国神草""绿色药品"。一斤杜仲才从树上剐的生皮子,低于三十元,嘿嘿,就是你三大爷来也拿不走。

这时七爷的杜仲林一般都有碟子粗了,原来不值价的杜仲,在众人眼中成了金子,成了银子,成了白花花的票子。七爷每天背着杆火药枪,牵着条大黄狗,在杜仲林里巡视。后来,七爷干脆在林边搭了个小木屋,白天黑夜地看守。拿七爷的话说:他要守着他的摇钱树,这是他的棺材本儿。

田地到户后,杨麻子早不当队长了,开始做小生意,什么赚钱做什么。看着七爷捡了个便宜,心中比吃黄连还难受。一个雨天,杨麻子做不了生意,于是揣上白芙蓉烟,开始一家一家地转。

他对张三说:那片杜仲林是大伙开的荒地种的,你张三也出了力,流了汗,现在要卖成钱了,你连一分钱都得不到!

他对李四说:七爷二十块钱就买了值十几万的杜仲林,这杜仲林是大伙辛辛苦苦种的,凭什么他们一家人得钱?要不我们每人分几棵,心里才好受。

他对王五说:七爷一辈子有钱,连黄泥巴都堆齐了喉咙坎,天上还掉下块金砖,这杜仲林是我们黑水凼的,应该人人有份。你王五三十几了还讨不到婆娘,还不是因为没钱,如果这杜仲林是你的,你别说讨一个婆娘,讨两个婆娘的钱都有!

这下,我们黑水凼沟好多人心中的妒火中烧,心中都像是吃了火药,每时每刻都可能爆炸。

当然还是有人给七爷报信,说这几天杨麻子四处找人嘀咕,要分山上的杜仲,要七爷提高警惕。七爷睁大眼睛,不相信会有这事。

一天下午,七爷的杜仲林还是被抢了。

那是人间四月天呵,七爷含着烟,牵着狗,肩着猎枪,哼着小调,一路欢欣。这是一片金子般的树呵。有了这片树,七爷还愁什么?他时不时地抚摸一棵树,就像是抚摸七婶年轻时的身体,

光洁,滋润,充满磁性。累了,七爷在棵杜仲下蹲着,抽那种用烟竿的叶子烟,这时从杜仲林中钻出一群人,领头的是聂蛮子,人人都拿着把弯刀,对着七爷。

人群中并没有杨麻子。

七爷说:"你们要干什么?"

聂蛮子嬉皮笑脸道:"七爷,这片杜仲林是全队的,人人都有份,今天我们来砍我们自己的树,请你老人家别来找麻烦!"

七爷气得说不出话来:"我找麻烦?这是我辛辛苦苦养大的孩子,能白白让你们砍!"

七爷说完,疯了似的扑上去,抱住聂蛮子。

聂蛮子把七爷甩了甩,七爷死死地不松手,于是用力一振,七爷像块冬天的叶,飘开了。七爷瘫在地上,昏死过去。那伙人用刀三下五除二地砍杜仲,比砍自家的甘蔗还痛快。

七爷醒来的时候,那片杜仲树,只剩下高低不平的树桩。只有七婶和七爷残疾了的儿子躺在地上,不停地哭泣。

一夜间,七爷就如过韶关的伍子胥,头发全白了。当七爷哀求村主任为他主持公道时,村主任说:"法不责众呵,这树全队的人都出过力,他们也该得一点吧。"

七爷来到乡政府,没想到乡长说:"你也是的,值十几万的东西,你舍它几万,每家分一点,不就成了?这伙人都是你的乡亲,都抓起来,你的心不是太狠了?"

来到派出所,派出所说你先到村上解决,不行乡里解决,反正又没有打人,也没有杀人。

七爷绝望了,他想不到有理也说不清,有理也说不赢,有理也寸步难行。于是七爷悄悄来到杜仲林,他喝下了半瓶往天用来杀虫的乐果,然后倒下,就像一根树桩。

七爷死了,七爷的坟不长树呵。一年,两年,直到五年之后,七爷的残疾儿告到了省上,那些砍树的人才不得不退赔七爷家的杜仲树款。第二年春天,七爷的坟上终于长出树,一株杜仲树,有眼,有鼻,有脸,有耳,跟七爷一模一样。七爷长成一棵杜仲树,又来到人间。

石　匠

石匠早不打石头了,因为现在的农村,修房子不用柱礅,喂猪不用猪槽,更没有石磨子了。因此,石匠的工具在旮旯里蒙上了厚厚的灰。这天,村主任夏永福来请他时,他以为自己的耳朵听错了。

"什么?打什么?狮子?"

石匠半天才搞明白,是找他雕石狮子。

这活他可从来没有接过,可是,村主任没由他多说,放下话就走了。

石匠还在家里发愣,村主任已派人抬来了石头。八个大汉,四人一组,用杠子抬来了有名的蒙山石。这石头出名,硬,灰色,不易雕琢,以往本地人打石磨子,就以蒙山石为上等。看着两块大石头,石匠真不知道如何是好。说起来,他们家是石匠世家,从他祖父开始,就以打石头为生,家里没有一分田,一分地,全靠凿

石头养活全家人。

一代又一代，石匠家有了绝门的手艺。比如他们家打的猪槽，就跟别的石匠打出来的不一样，一般的猪槽，是前后沿一样高，可是他们家打出来的猪槽，就前高后低，猪很方便吃食。

到了他爷爷的时候，石匠家的艺术到了顶峰。有一年，他爷爷给地主张帮才家做坟，雕的石狮子，居然有一只活了起来。

可是，新中国成立后，到了石匠爸爸时，再没有雕过石狮子了，到了石匠手里，根本就没有见过石狮子。

你石匠家传手艺，不会雕石狮子？笑话吧。而且村主任夏永福也不可能跟你讲理。夏永福是谁？在秦家山七村五十一社，他是当得最久的村主任，一言九鼎，说一不二。大到土地的重新划分，小到给哪家的新媳妇发准生证，没有他表态，根本就不行。

看着两块灰色的石头，石匠叹了口气。他的儿子想承包村里的水塘养鱼，夏主任没有说同意，也没有说不同意。石匠只好先把石头养起来。

说起这养石，也特别有讲究。

有的石匠养石，就只会泼水，结果石头做成品后，就会在色泽上黯一些，不明亮。

石匠家养石，是用稀泥巴把石头敷起来，让石头吸稀泥中的水分，这样雕出的成品色泽光亮，特别的养眼。这也是石匠家的绝艺之一，很多年没有用了。

夏主任见石匠两天没有动手，有些发闷。一脸的不高兴，就像是借了他家的米，还了糠似的。

石匠诚惶诚恐地不知说什么好，因为，这养石的事，他是不能讲的，这也是老辈子传下的规矩。他只是带着夏主任看了这两块石头,还用手摸了摸。石匠本来就是个寡言的人,平时一天难得说上三句话,但他的诚实,是村里是出名的。夏主任也没有说什么,只哼了两个字:初九!

乡村还是喜欢记农历,初九?今天初一,还有八天呵!

石匠不得不把养石的时间结束,开始剥起敷在石头外的泥巴,然后是洗石。说起这洗石,也不是用水冲了就行,而是要用盐水,最后还要用湿帕子捂,这样石质才会越来越坚硬。

石匠不敢不急了,他知道,如果不能按时雕出石狮子,儿子承包水塘的事一定会黄。为了儿子,他拿起了好多年没有动过的錾子和锤子,开起石头来。

第一道工序叫去毛边,就是打出大概的轮廓。先要在石头上划上线,用錾子划。

因为好久没有用锤子,不到一个钟头,手就发软了,看来人不服老不行,五十多岁,在农村,已进入了暮年。

身上也热汗滚滚,这是三伏天呵,光着身也热。石匠的身上就只剩下一条短裤了。老婆给他泡上了一大盅老茶,涩涩的,但提神。

两天后,就开始了真正的雕刻。

可是,石匠怎么做,也觉得不是么回事,那狮子的轮廓总是出不来。

又过了三天,狮子的轮廓终于出来了,但是,那根本就不是狮子,而是一条狗,一条农村常见的看家狗。尖耳,鬈尾,眼睛也是细长的!

老婆说这是狗。

儿子说这是狗。

儿媳妇说这是狗。

只是石匠说,我雕的是狮子呵!

当然没法给夏主任交差了,因为夏主任已知道石匠打出来的是狗!这是给他爹妈修坟,难道要用两只狗立在坟前?

夏主任根本就没有来,只是叫人带了个信来,问,咋办?

石匠已骇得周身发抖,真的不知如何是好了。

还好,儿子毕竟是儿子,在老子出事后,什么也没有说,就揣上一笔钱,到了城里,买了一对石狮子运回来,算是给夏主任一个交代。

夏主任没有再说什么,但承包水塘的事当然也就黄了。石匠气恼得把打石头的工具全丢进了水塘,心想从此不再和石头打交道。

可是事情也不是他能定的,这不,村里来了位客人,而且是上面的领导陪着来的,坐的是大奔,下车后有记者陪着。原来,有个台胞要在这儿征地,建家工厂。夏主任当然高兴,村里这些年,发展慢,脱不了贫,压力大。

台胞很老了,快八十岁,真正管事的是他的孙子,三十几岁。

原来,台胞是随蒋介石撤到台湾的。他就是这个村的人,被抓壮丁时不到十七岁。几十年过去了,终于回到了故乡,他要回报乡亲。

小时候,他听说村里有位石匠,雕刻的石狮子似活的一样。他的愿望就是要找到这个石匠的后人,给他的祖先修坟,坟前也要有石狮子。

可是,夏主任不敢往下说了,因为这个石匠的后人还在,可他做不出那样的石狮子。夏主任不说,但乡长是知道的,他说了。

夏主任愣在那里，不知如何是好。不得已，只好带着一帮人找到了石匠。

石匠以为发生了什么事，更是怕。当他明白这个台胞也要他雕刻狮子时，他的腿直发软，身子打战。

乡长说，这可是关系到你们村里的利益呵，一千多人，能不能脱贫就看你了。

石匠不得不从水塘里把工具打捞起来。

但是，奇迹发生了，十天后，一对石狮子比真的还真，连台胞都不得不相信，这是他听说的石匠传人才做得出来的。村主任夏永福的脸气得如同锅底，他就是不明白，这石匠的胆子有这么大吗？敢和他对着干，把他要的狮子雕成了狗儿？

石匠也搞不明白，他的手艺怎么回来了？虽然父亲给他讲过如何雕狮子，但他一直没有机会实践，新中国成立后，这坟地的石狮子，是当封建残余砸烂的，方圆几十里，坟地上再也找不到石狮子，连石碑也没有。

夏永福这一气，居然睡在床上再也没有起来。

但村里从此红火了，台胞办的工厂是加工粮油，村里的年轻人都在那儿打工。村子一天天富起来。

只是夏主任不要的那对狗，石匠放在自己的家门口，越看越开心，因为那对石狗和他们的看家狗，一模一样呢。

酸　梨

1

　　酸梨姓黎,读过高中,没考上大学,说话文绉绉的,乡下人叫酸,所以大伙就叫他酸梨。酸梨酸甜酸甜的,就是个头小,因此,不受大伙喜欢。这水果,也不是种的,是野生的。

　　肩不能挑,背不能扛,又没手艺,酸梨的日子过得凄惶。别家全是砖瓦房,他家还是土墙房;别家都看彩电,他家还是黑白的;别家全是摩托车,他还在骑自行车。这些还不是主要的,快三十岁的他,还是光棍一条。不知不觉间,酸梨成了油潮沟最穷的人。

　　酸梨呢？倒是不急不躁。爹娘老子全过世了,上无兄长,下无弟妹,一个人吃饱,全家不饿。所以他种庄稼的收成不好,有技术的原因,也有不认真的原因。他有空了也不打牌,抱着本书,比如《小窗幽记》《阅微草堂笔记》《东林志林》《浮生六记》等等,全是文言文,乡下人当然看不懂。于是,酸梨在大家心中,就成了书呆子。

2

　　酸梨家穷,他不着急,村主任鲁大牙急。

　　原来,上级决定把油潮沟建成小康示范村,户户都要脱贫奔小康。

可是，酸梨本人不上进，他家如何脱贫呢？所以这天，村主任鲁大牙来酸梨家，见酸梨正坐在竹椅子上朗读：腊茶出于剑、建，草茶盛大于两浙，日注为第一。

且边读边摇头晃脑。鲁大牙听不懂，于是吼一声：酸梨，你晃个锤子呵，读的啥？

六一居士欧阳修的《归田录》。

归田六？还有归田七吗？

是语录的录！

别语录了，你说，你怎么才能脱贫奔小康，别拖全村的后腿啊。

有个秘密鲁大牙没有说，就是如果建成了小康示范村，县上奖励村上三万块钱，其中一半归他。

项目。没有项目致什么富？鲁大牙想了很久，终于找到一个适合于酸梨的项目——收旧书，你不是喜欢书吗？

酸梨想，这法儿说不定还行。

3

乡村的旧书怪怪的，好多是"文革"中出版的，比如《朝阳花》《红石崖》《芨芨草》《金光大道》《艳阳天》等等，还有就是20世纪七十年代末八十年代初出版的《战斗的青春》《大江风雷》《平原枪声》《女游击队长》《李自成》。还有不少"文革"前出版的所谓的禁书，被人们悄悄藏了起来，像《青江壮歌》《保卫延安》《红旗谱》《小城春秋》等等。他还收藏了不同版本的《毛主席语录》和《毛泽东著作选读》。

只是这些书,要不有些发黄,要不烧了个洞,要不有几张脱页等等。酸梨收来后,一一整理好。

酸梨本来是收来卖的,结果好些书又让他着迷,他没日没夜地看,当然没赚到钱。眼见得日子一天比一天少,离上级考核的时间越来越近。村主任鲁大牙急啊,真是皇帝不急太监急。

酸梨,你要是拖了全村的后腿,唾沫星子会淹死你!

酸梨听到了村主任的狠话,但管不住自己的眼睛。

4

不知不觉,半年过去了,酸梨门口的那株酸梨树,也叶子发黄了,眼见秋天来临,冬天不远。铜钱大的酸梨叶子,也飘落下来。

乡里说,县里要来人考核,村里得早早准备。

果然,乡里先来一组人,有农经站的,有财税所的,有文化站的,当然还有领导,先是听村主任汇报,然后分组实地观察,预演一遍。这一查,还真查出了问题,不是差硬件,比如平均收入,比如发展的项目,比如集中修的居民点……这些工作都做得好,而还差一个东西——村图书室。

村主任傻了,新农村建设么,不就是吃得饱饭,穿得暖衣,娶得上婆娘?

乡长对村主任吼道:得有文化!有文化,你懂么?

乡长愤愤地离去,村主任鲁大牙像根枯竹竿钉在那儿,半天动弹不得。千算万算,还是失算。所以回到家,老婆给他打来洗脸水,他把水一泼:我的脸,都让乡长撕了,还洗什么脸?

老婆热脸贴了个冷屁股,也不爽,嘀咕道:什么事嘛,这么大的火?

啥都不差了,乡长说差个图书室,还说我没文化!

差个图书室?不是现成的吗?

村主任对老婆轻哼一声,说得轻巧,拈根灯草!图书室房子不要钱,可图书要钱啊,现在的书,一般二三十块钱一本,一千本书就要两三万呢。

我说你个猪脑子,酸梨家的书才一千册?

鲁大牙恍然大悟,一把搂过女人来亲了一口。

5

酸梨解了村主任鲁大牙的急,这事儿乡长知道了,把酸梨叫去,谈了半天,从此酸梨成为乡文化站的工作人员,拿工资呢。乡长说,好好干,以后会转为招聘干部。

酸梨走在回村的路上,每只腿都像安了弹簧,有使不完的劲。

村主任真的没有想到,酸梨有这等运气。而且,三个月后,酸梨结婚了,老婆是乡场上的一个裁缝,长得还有眉有眼。

结婚那天,鲁大牙送来了个大红包,因为小康示范村验收合格,他得了个特别奖,如果没有酸梨的书,那还验收个啥?

只是酸梨不回村了,听说他还是爱看书,看得都戴上了近视眼镜。

酸梨家屋前的酸梨树,变得比往年甜了,小孩子们争着去摘,连大人也时不时地吃几颗。嘴上说,不酸,不酸呢。

灵　耳

提起我们黑水凼谁的耳朵最灵,大家一致会说是瞎子张大伯。

俗话说聋子的眼睛最好,能分得清天上飞的麻雀是公是母,瞎子的耳朵最灵,能听得到麦苗拔节的声音。张大伯是先天瞎,因此就有了一副好耳朵。

张大伯命有多苦?全村的人都叹息。快四十岁了,还是光棍,不得已,去捡了个孩子来传宗接代,取名张洪。

张洪长大后,已是二十世纪九十年代末期。没有考上大学的他,死活要到远地方去打工。张大伯说:你要去打工也行,先把婚结了,让我抱上孙子,你想走多远,就走多远。

乡下人说结婚,并不一定拿到结婚证才算结婚,而是请客办喜事,生了孩子,到了年龄才去补办结婚证。结婚证对农村人来说不是重要的,重要的是生儿育女。张洪虽然明白张大伯是想用这个方法拴住他,但也不忍心让一个瞎子老人孤独地守家,于是就同意了。

女孩子叫草莓,才十七岁,还是个小姑娘呢。可是她妈因病过世了,父亲就让她早点嫁人,少点负担。

张洪和草莓,一顿酒席之后就成了夫妻。

第二年果真有孩子呱呱坠地。孩子三个月的时候,张洪和同村的几个朋友相约,就到新疆打工去了。早先去那儿的朋友说,新疆"钱多、人傻、速来!"那儿打工比在成都附近要高出一两倍工价。张洪每个月领到钱,先寄回家里。他知道,老的,小的,女的,没有钱根本就过不了日子。

张大伯喜欢孙子,每天都是他抱着孙子玩。虽然看不见,但孙子的笑,孙子的哭,孙子的尿尿,就让他心里欢欣不已。

地里的庄稼,他只能过嘴说,儿媳妇能种多少就种多少。

草莓瘦小,自己本身就还是个大孩子,这下一个家的重任落在她身上,让她根本无法适应。她自己就没有种过田地,望着田地,真不知道怎么办。

这时,村里的青年岳蚊子出现了。他叫岳少文,但大家习惯叫他岳蚊子,亲切呢!

村里的年轻人差不多都出外打工了,但他没有去,不是他不想去,是他家里的老婆不让他去。老婆说,他要去打工,她就离婚。老婆的理由是,现在外面花花世界,一旦去了,十有八九就会有婚外情,她不能忍受有人和她分享丈夫!

不去就不去,岳蚊子是种庄稼的高手,他不光种粮,也种经济作物,比如沙参什么的。这天他去种地,见草莓望着地发慌,就上前问。

草莓说:她不知道种什么。

岳蚊子道:我种什么你就种什么。

草莓道:什么时候种也不知道。

岳蚊子道:你见我什么时候种你就什么时候种。

总之,岳蚊子成了草莓的参谋,也成了草莓的劳动力。俩人也就越走越近,终于成了一对野鸳鸯。是什么时候?当然外人不

知道,不过,张大伯总是在晚上,发现草莓屋子里传出只有张洪在家时才会有的声音。

张大伯没有说什么,只是暗暗地记在心里。他多想张洪快点回来,他不想家丑外扬。他更不想张洪和草莓离婚什么的,因为乡下的男人娶个女人不容易,几乎耗尽了全家之财力和精力。更何况他是瞎子,仅凭声音是不能证明什么的。

张洪那天晚上回来了。那天晚上,草莓的屋子里仍然有那种声音。院门这时在砰砰地响。

草莓一下就呆了,因为他明白这是张洪敲门的声音,他性子急,所以敲门就像是砸门。晚上的院门反锁着,必须有人从里往外开。

岳蚊子更是浑身上下打抖。我们黑水凼的人,如果捉住奸夫,惩罚是把妹夫给活活地刨了,让你一辈子做不成男人。

这时,草莓更不知道怎么办。

张大伯咳嗽了几声,嘴里道:来了,来了,马上就给你开门。

一边喊:草莓草莓,你去开门!

草莓不得不去开门。这时张大伯用手拉住在岳蚊子,把他领到自己的房中。岳蚊子这时根本就说不出话来。

张大伯什么也没有说,只是不让张洪再去打工。

草莓说:你在家里,也能挣钱呵,比如种药材,比如种党参、沙参。

张洪回来后,没有发现什么,倒是见草莓比以前漂亮了,走的时候还是个大孩子,现在成了颇有风韵的少妇,他也离不开草莓了。何况新疆也不是那么好挣钱的。

村里当然有风言风语传到张洪的耳朵里,但张大伯说:你信外人还是信你爹？人家草莓白天干活,晚上早早地回家关门睡觉,规矩得很。村里人是乱嚼舌根呢。

孩子会喊爹了,张洪也不再想那些无皮无毛的事,一门心思经营起他的小家来。

张大伯至死也没有说出那个秘密。

张大伯死后,有两个人哭得比张洪还狠。草莓是公开地哭,村里人说草莓孝顺呢,张大伯没有女,但儿媳妇比女儿还孝,福气呵。另一个是岳蚊子,他不敢公开地哭,只能悄悄地流泪。

偷甘蔗

甘蔗收了,集中存放在生产队的库房里,等公社糖厂通知,然后送去榨糖。

我们虎视眈眈,因为那年代太穷,饭都吃不饱,烟酒糖全面控制供应,嘴里早淡出鸟来,能不挂念那些甘蔗么？

儿时的我,胆子小,怕事。可小伙伴中,有几个天不怕地不怕,不惹是生非就肉皮子发痒的家伙。胆子最大的杨蛮子建议,去"弄"根甘蔗来吃。

根根和君灯表态同意。

我也同意。因为我想吃甘蔗。那年我九岁,读小学二年级,长得又矮又瘦。

库房没人看守,但放甘蔗的侧边不远,住着知青黑娃。并且

库房门对着大路,过路的人会看见。

库房门是栅栏门,从门缝把手伸进去,抽根甘蔗,然后开跑,不算难事。但偏偏这段时间秋雨绵绵,黑娃不上工,窝在家。这个人,是从成都来的,脸很黑,年纪嘛,应当不到二十吧,瘦得像斑竹晾衣竿。他整天吹口琴,尽是些《北京的金山上》这类熟悉的曲子。

我们四人,出剪子、手帕、锄头,谁输谁去偷甘蔗。不幸的是我输了,轮到我头上冒汗,这事儿还真没做过。何况那个年代,正在宣传少年英雄刘文学维护集本财产被地主活活掐死的光辉事迹。

集体主义深入人心,在孩子的心中,也知道不能侵犯集体财产。可是,不侵犯集体财产,就吃不上甘蔗呵。一边是馋虫爬到了喉咙,一边是老师常讲的爱祖国、爱集体、爱人民。见我半天不动,他们仨急了。

我赌气地说,我不去,我也不吃甘蔗,行不?

我的言行无异于逃兵,被他们仨唾弃。他们朝我面前吐了口水,然后怏怏不乐地离开。

我们各放各的牛去。

小伙伴,不记仇。

第二天我们四人相见,又说又笑,忘了昨天的不快。我们不说甘蔗,越不说,心里越想。根根说,他昨天看见生产队的李憨子去偷甘蔗的,黑娃根本不管。憨子,就是傻子,黑娃不管他,但他也不管我们吗?蛮子说,你们胆小,我去,你们三个放风,一个看上方的路,一个看下方的路,一个去和黑娃日白。日白,就是聊天。

我本来想学刘文学的,可是那紫红的甘蔗,甜甜的蜜汁,让我心痒难受。于是我主动说,我去和黑娃日白。

我很喜欢黑娃,甚至有点崇拜。

很喜欢黑娃是因为他的口琴。在农村,那年代几乎没有器乐,学校就一部脚踏风琴,还音不准。锣鼓只有开批斗大会或死人上坡时才用,也敲不出啥调来。黑娃不仅会吹《北京的金山上》,还会《黄杨扁担》《马儿呵,你慢些走》《咱们工人有力量》等等。

"黑娃哥,你教我吹口琴行不?"我磨磨蹭蹭地靠拢他,并用身体挡住他的视线,掩护杨蛮子去偷甘蔗。黑娃没有回答我的话,因为他的嘴被占着,正在吹《红梅赞》,两眼也闭着,特陶醉。

等他吹完这曲,杨蛮子早把甘蔗偷到手并回到放牛的河沟。

这样的事,一旦发生第一次,就免不了第二次。奇怪的是,我每次去找黑娃,他都在吹口琴,眼睛闭着。当我们第十一次去偷甘蔗,杨蛮子被埋伏的民兵捉住,很快供出了同案的我们。

大人赔钱,我们作检讨。

黑娃也被生产队开会批斗,他居然没有辩解。他说,生产队并没有委托他看库房,他是因为住在那里。作为社员,他失职。那年月,集体财产神圣不可侵犯。黑娃除了背黑锅,还能说啥?后来推荐读工农兵学员,黑娃因为生产队的评语不好而落选,他一点气也没有,还是有空就吹他的口琴。

黑娃回城时,我已在读高中。再后来,我读大学,巧的是毕业后我分到黑娃所在的厂工作,当团委书记,黑娃做钣金工。我遇上他,他已三十岁,一脸的胡子。

他认不出我了,我说我是黑水凼的眨巴眼,当年偷甘蔗连累

了他,向他道歉。

黑娃说:那时你是个娃娃哟,哪个娃娃不好吃?

他的话,让我感到温暖。

为这十一根甘蔗,尽管挨了批,大人还赔了钱,但一直甜在我的人生。

黑娃,比甘蔗还甜。

红　杏

红杏没有想到,村主任会上她家的门。

她家穷,土地到户后,大哥成家分开过,二哥到山外上门,就剩她和弟弟野柿,妹妹蓼草,一家五口,按说日子也不难过。但几年前,父亲上山打猎,被野猪啃了左膀子,成了残疾,家里的日子就难过起来。不得已,才进初中的红杏只好退学,成了家里的顶梁柱。

一晃几年,红杏长成了大姑娘。也许是劳动,三围突出,脸色红润,在蓼子村,人见人爱。

提亲的不少,可是红杏不敢答应,因为,弟弟野柿正在读高中,家里没有了她,撑不起呵。

村主任来的时候,有点鬼鬼祟祟,只和红杏打了个招呼,就直接找她爸去了。

这年,蓼子村遭了大灾,苞谷正挂红须时,突然来了半个月风暴,当然就没有好收成。虽然上级免了这年的农业税和提留,可是过了十月,好多人家里都没有吃的。向上级反映了多次,终于有了响动。上级派了个工作组来具体调查,村里呢要接待。村主任来动员红杏,要她去陪客。

红杏爸答应了村主任的要求,不答应行吗?今后求着村主任的地方多呢。

红杏在爸的劝说下应承下来,还把自己平时舍不得穿的衣服,青色的冬裙,圆口黑布鞋准备好。这一打扮,红杏就变成了一位"五四"时期的城市女学生,温文尔雅。头上还戴了一朵映山红,更显出少女的风韵。

工作组三个人,一位县政府办的副主任,一位民政局的干事,一位扶贫办的干事。因为受灾的地方太多,领导们忙不过来哟。

接待工作其实挺简单,不过是汇报、吃饭、送别。汇报的事由村主任和支书负责。支书结巴,任务就落在了村主任头上。不用夸张,不用吹牛,实实在在。山区的苞谷最怕啥?一是风,二是冰雹。这两样,就会让一季的劳动,付诸东流。

村主任虽然文化不高,却能说会道,形容那风,能把人吹成树叶;形容那冰雹,能把人砸成肉泥。

这时,红杏她们正在厨房里忙碌,山里的燃料是木柴,所以做一顿饭,需要很久的时间。

这三位县里的干部,也是办实事的人,没有多讲,叫村里把受灾的数字,按每户上报。

不知不觉,天渐渐地黑了,虽然时令才进冬月,深山已是严寒了。

吃饭了。村妇女主任悄悄地对村主任说。

偏远山村没有餐馆,所以吃饭也就在村主任家。

堂屋里点上马灯,一张四方桌上,摆好了土味野味。这是二十世纪八十年代中期,日子过得寒碜。

香菌炖土鸡。干洋芋果炖腊排骨。凉拌扎耳根。野葱炒鸡杂。岩耳炒腊肉。

再加上些小菜,就有了一大桌子。

除了支书,村主任,妇女主任,三位县里干部,就是红杏了。

村主任说:红杏是村团支书。其实她连团员都不是呢。

苞谷酒,倒在壶里,煨在火炕边,酒中加了蜂糖。喝起来很顺口。那年代,干部的作风还很纯洁,不过下村喝酒是免不了的,因为这儿既无餐馆,连商店都没有,不在村里吃饭,那只能饿死。住也是没办法,因为不通车,无法当天回去。

酒越喝越高兴,祈主任说:你们的灾情这么重,我们一定如实汇报,争取多给村民们救灾粮和救济款。

当然,他的话大受欢迎。

开始红杏并没有喝酒,可是后来村主任要她敬酒,她不得不接受。

我干了,你随意!

这是敬酒的规矩。红杏从来没有喝过酒,所以一杯下肚,脸上绽开了桃花。两杯下肚,脸如火烧。

农村的饭,吃得慢。慢才有话说,慢才有情感交流。

红杏啥时醉的,她不知道。

所以,红杏也不知道晚宴啥时结束。当她被尿憋醒,口好渴。

室内没有灯,冬天的月很暗,农村的窗口极小,红杏没有发现她的床上,不只她一个人。但她起床,才发现不是在自己的家。

猛然想起,自己昨晚喝酒的事,是在村主任家里。

怎么醉了?

怎么会在村主任家里睡?

这一下她懵了。虽然已到二九妙龄,还没有过情感生活,对社会的理解极粗浅。只是这一吓,尿没有了,却发现下身隐隐作痛。

终于摸到了手电筒,出门时专带的。

拧亮,发现床上有人,鼾声四起。

红杏以为是村主任的老婆,因为头被铺盖蒙住了。她掀开铺盖,却不是村主任的老婆,而是祈主任。

再想到自己下身的痛,顾不得羞辱,脱下裤子一看,大腿根上血迹斑斑。再蠢,也知道发生了什么事。

红杏呜呜地哭了起来。山村的夜极静,除了偶尔的几声狗吠。红杏的哭,一下让村主任家的人全醒了。

睡在床上的祈主任也醒了。披衣而起,他自己也不明白为啥,因为那晚他也醉了,谁把他弄上床的,他也不知道。

村主任夫妻进屋,村主任一下跪地,求红杏别哭。为了全村,他才这样安排的。

因为他知道,救灾的事,根本没有硬指标,能不能兑现,全凭来调查的人汇报。

红杏仍在哭,因为她结束了少女的清白,今后如何活呢?

今后?还有今后么?

祈主任一脸的难看,他万万没有想到,自己会做出这种禽兽之事。

怎么办?如果闹起来,自己不是当不当官的事,是进不进监

狱的事了。

寒风吹得屋外的树,簌簌地响。

屋内,都愣住了,红杏也没有再哭。如同坟场般死寂。

那年的救灾物款如数拨了下来,红杏却没有福享受。因为,就在出事的第三天,她远嫁到了陕西,秦岭那边。

红杏会过上啥日子,除了她自己,谁也不知道。

很多人都不明白,红杏为啥突然远嫁,这女子,可漂亮呢,心也善。人们叨唠一阵子,就把红杏忘了,就像忘掉一棵树,一棵草,一枚杏子。

石 榴

石榴出生的时候,正是春末,石榴花开得红艳艳的。

她爸说,就叫石榴吧,名越贱,越好养。所以,村里的孩子,有叫狗儿,有叫猫妹,有叫憨娃的。比起来,石榴的名字,算好听的了。

高中毕业,石榴只考上个专科,可家里供不起,因为她爸上坡挖葛根时摔伤了,独女的她,要在家行孝呢。母亲有心脏病,干不了重活。

父亲养了半年,成了跛子,挣不了钱,只能种房后屋前的地。

现在一本生、研究生求职都难,一个专科,实在没有读的必要。于是十八岁的石榴,成了乡村少女。

村里的少女都打工去了,连少妇们都走得差不多,剩下的女人,不是缺牙,就是白头发。石榴,成了村里的风景,风姿绰约。其实她也想去城里打工,可是她走了,父亲和母亲,那挂念,就如山乡的树,一重又一重。石榴于是选择帮父亲种地,还种石榴。她家的周围,有几百株石榴。绿茵茵的,煞是好看。

村人说:石榴,你种的呵。

石榴嘿嘿一笑。

石榴易活,枝多叶茂,挂果也早。虽然,比起桃、李、梨、杏、樱桃、葡萄,它的产量低,但它也是味中药,特别利于生津止渴,止血止痢,因此深受农民喜爱。

二十岁,石榴的美丽胜过了石榴花,村主任找上门来,叫她去村里当妇女主任,原主任进城了,留下空缺。石榴还在犹豫,她爸发话了:石榴,不能去! 去了我不认你!

原来,村主任是个大色花儿,前任妇女主任,就是他的妍头。他连自己的小姨妹、舅母子都不放过。他的口头禅是:小姨妹半个妻,舅母子自己的。

石榴种地,栽果树,没事的时候,就弹吉他。这是她读高中时学会的。她喜欢在石榴树下,泡一盅老荫茶,弹着吉他,唱校园歌曲。

高中时,石榴对爱情不是很懂,班上有个男生,绰号眯眼,就是眼睛比较小,成绩特好,从来没有落过前三名,后来考上了西南农大。眯眼喜欢石榴,悄悄送过纸条,石榴揣着纸条,既甜蜜,又害怕。忐忑不安中,石榴毕业了。

眯眼考上大学后,再没有来过信。石榴明白,从此他们是陌路人。

一家养女百家求,何况石榴长得那么漂亮,自然引起未婚男子们的关注。

可是,石榴提出个要求:就是要男方上门来,自己不出嫁。她知道,离了她,父母的生活就艰难了。但石榴这代,独生子女多,人家也舍不得儿子离家呵,所以,虽然看了七八起,没有一个定下来。石榴只能弹着吉他,唱"我的爱情,已经飞走了"!

没有想到,暑假,眯眼出现在她家的门口。

眯眼高大了,壮实了,也文雅了。石榴惊讶:怎么会是你呵?眯眼!

嘿嘿,石榴,我今天来,有好事找你!

石榴的脸红了,这眯眼,真不是高中生了,敢大胆说出心里话。看到石榴脸红,眯眼笑笑,石榴,你晓得我读的啥专业不?

不知道呵,你说!

果木种植。

这个干啥?

就是研究果子的品种,果子种了些年后,就要退化,不好吃了,就要有新品种代替。

这个石榴能听懂。

我今天来,就是要研究你家的石榴!

好你个眯眼,敢拿本姑娘开玩笑!说完,她作出要打他的样子。

眯眼道:我研究的是你家种的石榴呵!

石榴家种的石榴,全是土种,退化了,最大的不过比拳头大,最关键的是,酸,甜味不够,没有卖相。

那怎么办呢?

我主攻的方向就是这个,包括毕业论文写的也是石榴。你家的石榴,只要和南美的番石榴嫁接,一定能出好品种!

可是我不懂呵!石榴两手一摊,无可奈何。

这个嘛,早给你想好了,一是我抽空来,二是你参加我们学校的函授。

石榴明白眯眼的想法,心里极乐意。

石榴家的石榴,种满了包产地。

石榴家的石榴,春末,开出鲜红的花朵,在山乡,成为一片诱惑。来看石榴花的人多,不过大家对新品种,心存疑虑。到了秋末,石榴家的新品种,结出大大的果实。那味,虽然还是酸甜,但甜的成分,比起本地土种的强多了。人们争相购买。

本地电视台做了一期专题,叫"少女石榴和她的石榴",听起有些拗口,但看过的人无不记忆犹新。还有不少城里人,驱车前来买石榴。

按说,价可以抬高点。可是石榴听了眯眼的话,五块,和市场上的本地石榴一个价。

那年,石榴家收入了一万多块钱,让石榴父母的嘴都合不拢,不是钱的多少,而是没有想到,以往乡下并不被人厚待的石榴,竟然成了她家致富的绝招。

当然,不能忘记了眯眼。

石榴成熟的时候,石榴和眯眼的爱情,也成熟了。眯眼大学毕业,住进了石榴家,成了上门女婿,把他父母接来,一起租赁了一百多亩山地种石榴,成了果园的老板。

当然他种下的还有石榴渐渐隆凸的肚子里的小石榴。

一个听众

郭林高中毕业后没有考上大学,于是回到老家黑水凼。

他父亲郭德海说:没有考上大学也没有什么不得了,你愿意打工还是做生意?

郭林笑了笑说:我愿意唱歌!

这下郭德海有气了,唱歌能挣来钱么?能唱出粮食来么?即使也能挣来钱,士农工商,它算哪行?于是郭德海说:你要唱歌,你试试谁来听?

郭林从小喜欢唱歌,一心想当歌手。但是,由于家里穷,从来没有送他参加过专业培训,他唱歌全是跟着电视学的。后来有了盒带,他节衣缩食,买了个旧录音机。他多想有个 MP3 或是 CD 机,但是父亲不同意,他只能心中想想而已。

郭林练歌的时候,是早上六点到七点,在自己家屋后的一片小树林。开始还有邻居来听,三五俩的,后来就没有人听,只有一个人没有走,而且每听一首都嘿嘿地笑,有时还鼓起掌来。

这人可不是一般的听众,他是黑水凼唯一的傻子,叫李华松。

李华松除了吃饭,其他的一概不明白,就偏偏爱听歌,而且百听不厌。

郭德海问郭林,有人愿意听你的歌吗?

郭林红着脸说不出话来,但是他并没有撤退,而是天天仍然坚持。

伴随他的还有那个傻子。

郭林唱歌,李华松听歌,成了黑水凼的经典笑话,于是一村人把读过高中的郭林也当成了傻子。当然没有人当面揭破,人家愿唱歌,关别人啥事呢?愿意做傻子是人家的事。

有一天,市电视台来黑水凼找人,找谁呢?找的就是郭林。这是乡广播电视文化站推荐的。原来市电视台要搞一个新栏目,叫"农民歌手大比拼",可是现在农民愿意唱歌的并不多,因为他们大多数人在外地打工,在南方或是江浙一带。

乡广播电视文化站的站长对郭林说:你愿不愿上电视?

上电视谁不愿意呵。

你敢上去唱歌吗?

有什么不敢?又不要我的命。

这样事情就定了下来,先是彩排,然后决定时间,现场直播。这下黑水凼轰动了,人们还真想不到郭林会出人头地。郭德海虽然是旧脑筋,但只有一个儿子,不支持也不行,于是把家里的小猪卖了一头,给郭林做费用。村里有钱的青年也想去现场,反正花不了多少钱。但是,郭林拒绝了他们来当亲友团,点名只要李华松和他一道去。

这下,让全村人都愣了眼,这郭林是不是真的成李华松了,傻得出奇,傻得无法理喻。但是,别人也反对不了,只能眼睁睁望着这对傻子出门。

那天,郭林演唱的是一首老歌——《翻身农奴把歌唱》,声情并茂,现场火爆,荣获当天比赛的第一名。尽管这档节目属于娱乐性的,但这个第一名也是不好拿的。郭林接受记者的现场采

访。记者问道：你是不是天天练歌？

郭林：是的，我喜欢唱歌。

记者：你练歌时有听众吗？

郭林愣了一下，实话实说——开始还有很多人听，后来就少了，再后来只有一个。

记者：一个什么样的人呢？

郭林：我把他请来了，他叫李华松。这时郭林走过去把坐在观众席上的李华松扯起来。指给记者看，这就是我唯一的观众。

记者见到这个傻兮兮的李华松，一脸的不解。

郭林：他本来就是傻子。但是，他的耳朵并没有什么毛病呵。因为有这个唯一的听众，我才坚持下来，既然有人还在听我唱歌，说明我还有前途！

记者当然没有报道这事，但是，郭林心中明白，就是这个叫李华松的傻子，坚定了他唱下去的信心。

郭林出名了，成了我们那儿有名的业余歌手，当然也就不愁挣钱了，有的是乐队请他，还得花较高的价钱。

郭林永远也没有忘记李华松，时不时地还请他吃顿饭。

卖山货的女人

女人没有下过山。

要不是男人摔伤了腰，出不了门，她才不要下山。家里现在没盐了,没油了,必须下山购买。

　　自从上了山,男人像盯猎物那样盯她。也难怪,这是他花半生积蓄买回的女人,快四十的猎手,终于过上了幸福生活。可是,现在女人必须单独上街,她会逃跑吗?

　　女人的力气小,虽然老家在武陵山区,可是自从到了男人家,肩不挑,背不磨,煮饭睡觉外,再没有下过力,所以她的竹背篓仅装三只野兔,五只锦鸡,一只猸子。当然,这些是全干腊的。

　　山路弯弯,十几里无人烟的路,女人有些害怕。

　　山风呼呼地吹,她的脸红了,就像路边的枫叶。

　　山货俏,因为现在不准打猎了,这些野味是男人用套和箭猎获的。包里有了钱,女人在馆子吃了碗酸辣肉丝面,打算买好生活用品,回山上。

　　这时警察把她围了起来。

　　难道禁猎了,猎人的老婆也成了犯人? 女人有点不安。

　　胖警察说:"跟我们走吧!"

　　瘦警察扬了扬手中的手铐。

　　派出所在镇子西端,紧挨着一条河,河水哗啦啦地响。来了位女警察,给她端了一杯茶。女人不敢喝,尽管已是初秋,额上有了汗珠儿。

　　"你是武陵山的吧?"

　　胖警察问。

　　"是的。"

　　"有人检举说,你是被拐卖来的?"瘦警察说话硬硬的,像山风,逼人。

　　"我们把你送回娘家好不?"

女人突然哭了,在场的警察怎么也劝不住。

女人是被贩买来的,贩卖她的,不是别人,是她的生母。

他们家生活在武陵山区。那年,父亲去挖煤,不幸瓦斯爆炸,被活埋了,小矿主进了牢,可是一分赔偿也没有。家里有大妹、二妹、三妹,还有个弟弟,超生了三胎,家里当然没值钱的,都被罚没了。

现在,家里唯一值钱的,就是已成为少女的她。

没有办法,母亲求人出卖她,得了五万元。五万元,也是猎人仅能拿出的积蓄。她憎恨母亲,但也理解母亲。如果不是走投无路,谁会卖女?

"那么说,你不恨你男人?"胖警察的脸上,肉嘟嘟的,看不出表情。

恨他?男人除了不给她自由,对她极好。吃的、穿的,没有短过,活不让她干,唯一不满足的,是没给他生孩子。她怕,母亲超生,让她的内心恐惧,所以这是她对男人的唯一要求。好在男人也不愿要孩子,因为住得天远地远,有了孩子,无法上学,未必让后代也当猎人?山里有种草,吃了就怀不上孩子。

"不恨。"

女人的答复让警察都吃惊。原以为女人苦大仇深,会痛哭流泪,像夹皮沟的山民见到解放军一样。

既然当事人都愿意,所以俩警察一商量,算了,多一事不如少一事,就放了女人。

女人走出派出所时,天下起了小雪,寒风嗖嗖。可是,从大路到小路,再到山路,天越来越暗,人越来越少,连鸟和兽都躲得远远的。

女人找不到回家的路了。

自从她嫁来后,这是第一次出门,第一次走出野山。来时大路人多,可问路,而此刻只有孤零零的她,无助地面对寂寞的世界。山路多岔,难以辨别。

怪派出所的警察,要不是他们耽搁了时间,也许就不会遇上雪,不会在路上碰不见行人。

可是,现在说这些有用吗?

雪地的路,泥泞起来,步行更缓。

莽莽苍苍的大山,变成黑乎乎的一片,哪还分得清自己的家在那儿呢?女人哭了,可是才哭了几声,就赶紧忍住,男人说过,哭会招狼吃。

女人呐喊:"有人吗?有人吗——"

除了回音,就是自己的心跳,无人理会。女人心慌了,心慌的女人脚下一滑,栽进了深沟。

男人找到女人时,女人只剩下头发、衣服、背篓、白骨。

"死婆娘,咋不晓得在镇上住一晚,天晴才回家吗?"男人嘴里在骂,眼里全是泪。

山不语,树无言,只有寒风,仍旧呼啦啦地刮,乌云黑压压的,像要砸下来。

青月和柿子

青月望着柿子,才农历七月底,已有了鸡蛋大。

家中有一棵柿子树,每年都要结上百斤,可是,差不多全被沤烂,无人摘,更无人吃。青月望着柿子,心中一酸,泪如雨下。

三火特别喜欢吃柿子,而且吃法也怪:他不让柿子在树枝上成熟,在七八分熟时,就摘下来,放在一个泥罐子里,用盐水泡。这样,脆、香、甜。树上成熟的,没有这种脆。可是,三火再也吃不上柿子。

结婚欠了几万元外债,三火新婚不足一个月,就到甘肃打工。那年青月泡了整整一坛柿子,等呵等呵,盼呵盼呵,说好的元旦一定回来,因为那时甘肃已是冰天雪地,建筑工地无法干活。但是三火没有回来,因为他工伤了,住院。一条腿被钢筋刺穿,伤及骨头,无论如何要养四个月。三火也着急,电话天天打,这边青月温言相劝。那罐柿子,只好倒掉。

三火医好了腿伤,没落下残疾,已算万幸。可恶的是老板,竟然只付医药费,不付误工费。那年,三火根本没挣到啥钱。第二年的端午回家后,就不愿再到甘肃打工了。

三火不敢耍,如果不打工,种粮食,一年下来绝无节余。所以,在家休息半个月,三火和人结伴,南下广东。这次是进厂,做打包工。按说,这工种安全,只是累点。为了让青月放心,三火每月结了账,马上把钱打到青月卡上。倒不是怕青月没钱用,是让她安心。

青月在家,差不多不用啥钱。

公婆各住一处,不相干。娘家呢?父母已逝,哥嫂嫌她,所以极少回去,又没有孩子,寂寞无聊。她种点地,种点菜,葱姜蒜全有,喂几只鸡。零用钱么?鸡蛋可换,有人专门来村里收土鸡蛋。

青月这年又泡了一罐柿子。

可是三火并没有回家。原来这两年,沿海的劳动力开始紧张起来,老板只好让工人加班加点,连元旦也不放假,春节只放三天。三天怎么回家呵?三火和同伴,都想多挣点钱,只好放弃和亲人团聚。

那罐柿子,再次被倒掉。

三火回家,是次年的六月了,避暑。青月不想他出门了,她想怀个孩子,或许,这样不会太寂寞。可是,三火的屁股坐不住,不能怪他。村里人家,差不多家家有了摩托车,有彩电冰箱啥的,他们家刚好还完结婚时欠下的债。

青月说,你不能在附近找个活干吗?

附近有活干,可是工价低,不划算。

三火走后的半个月,青月开始干呕,有经验的堂嫂芬儿说,弟妹,恭喜你,你有喜了。

青月的脸上涌起红潮。

那年的柿子才长出拇指大,青月就迫不及待地摘来吃,涩,一口就吐了。

青月挺着个大肚子,叫村里的小朋友帮她摘生柿子,她泡下了一大罐。

三火,你多久回来?柿子都泡好了。

青月,我一定回来,你得把我们的儿子怀好呵。

你就想儿子?万一是闺女呢?

儿子,儿子,我种的我还不知道?三火在电话那头,像是在吼。

进了十月,三火就辞工了,他要早点回家,陪着青月。还有几个月,青月就要生了,他要当爸爸了,心里说不出的高兴。

转车麻烦,三火选择了坐长途汽车。

可是,这车途中出了车祸,一车人全部丧生。青月等来的,是一只骨灰盒,和十几万块钱的赔偿。

青月哭得死去活来,可是哭不回三火的命。

那罐柿子,成了三火的殉葬品。

他们的儿子能说话了。

儿子望着青青的柿子,嘴里说,妈,要。

青月拍着儿子,对着柿子树说,儿子,我给你做泡柿子吃。

青月抚摸着柿子,就像抚摸着三火光洁的背,心中涌起股坚强。

粮　心

父亲一定要我写两个斗碗大的字,而且要写在一块红布上。

尽管我是一所中专的老师,讲师呢,但父亲的话我不敢不听,写吧,也费不了啥子神。于是我蘸好墨,铺好布,准备开写。

但写什么呢？我回望父亲。他用苍凉的声音说:良心!

我的隶书练过多年,有点功底。可是才写下一个字,父亲就叫我停下笔来。他说:错了,不是良心,是粮心,粮食的粮!

我一下愣在那里,我这个大学中文系毕业,中专的讲师,从来没有听说过有"粮心"一词。

父亲见我愣在那里,也没有催促,相反,叫侄子抬来小凳子,让我坐下,听他娓娓道来。

1975年,川西平原发生了较严重的春寒,那年的小春作物几乎颗粒无收,因此,必须保住大春作物,不然日子就无法过了。可是大春时遇到梅雨,坝子里的庄稼收成一样不好。

好在我们这儿有一半的山地,一半的水田,山地没有受什么影响。相反,那年的玉米收成比较好,除了交公粮,人均基本口粮可以达到420斤,这在那个时代,是相当不错的。即使如此,每家剩余的也不多。

到了10月,坝子里的人就到山上来换粮。借粗粮,还细粮,一换一。借100斤玉米,还100斤大米,不过是第二年才能还。

有粗粮的人家,就开始换粮。这个没有人管,相反为了不饿死人,各级政府还相当支持。有的人家,就把玉米用水泡了,然后再晒干,皮干芯不干,过秤时就重了不少。

父亲说,那年,他也这样做了,不过用的不是冷水,而是开水凉了后,还加了一点点盐,浸泡了再晒干。

我瞪大眼睛,不明白这是为什么?

父亲说,这样的玉米,如果没有及时吃,也不会长霉。而冷水泡的,如果不及时吃,要长霉的。

我恍然大悟。

借我家玉米的,是怀远公社10大队3小队的张叔。

张叔还粮的时候,用手推车推的,而且一袋袋地打开,让父亲验粮。这些米洁白晶莹,颗粒饱满,晒得特干。

父亲是验粮的老手,抓几颗米在嘴里一嚼,就知道这米不仅好,还没有掺一点假。于是心里不安起来,想起自己借出的粮,是掺了水的哟。

父亲不说,毕竟说出来自己没有面子。

张叔离开的时候,父亲把自留地的瓜摘了不少,还有韭菜什么的,送给张叔,张叔高高兴兴地离开。

很多年过去了,现在也没有换粮的事了,父亲却忘不了那年的事,内心总有个结,常常愁眉不展。

于是我回到家,想搞明白父亲的心病,老人家70多岁了,心情不畅,不利于健康长寿。

原来是这么回事呵,父亲叫我写的粮心,是说换粮也应讲良心。

我写好了字,还裱好,叫侄子陪我,一定要找到张叔。

川西平原的交通方便,自行车能穿村入户。

找到张叔家,他老人家躺在竹椅上,问我来做什么。

我讲了前因后果,张叔嘿嘿一笑,他说,他当时就知道这些玉米是"加工"了的,不过,你父亲算是有良心的了,用的是开水和盐,比起冷水泡制的,好得多。

我说,我父亲为此一生不安呵。

张叔叔嘿嘿一笑,然后道:你回去给老哥子带句话,还感谢他呢,要不是你们家那年借出的粮,我家根本过不了冬。

我把"粮心"送给张叔,他恭恭敬敬挂在堂屋的正中,还鞠了三个躬,嘴里轻轻说道:老哥子,保重!

我办完了这件事,父亲开心了,一直活到八十多岁,才无疾而终。

尊　重

父亲用浓浓的乡音给我打电话,我以为家里有什么大事发生,结果什么事也没有,而是要我给表妹找个工作。

表妹?我一下没有悟过来。父亲见我在电话这头发懵,就说:是我大嫂的表妹,才十八岁,没有考上高中,听说我在城里工作,就缠着大嫂要她给我打电话,叫我帮她找工作。大嫂不敢打,只好求父亲。

事情这样了,我也不好再说什么。

坐了一夜的长途客车,表妹就到了我家,我还在睡。因为我们报社是上夜班,凌晨两点钟才下班。我极不情愿地为她开门,然后叫她自己找点吃的,就补瞌睡。

表妹长得还是不错的,除了皮肤有点黑。有一米六的个子,健壮,说话也比较斯文,于是我把她介绍给我的一个朋友,让她去做保姆。

以她的初中文化,除了保姆,一时也难给她找到合适的工作。我以为她有意见,想不到她却高高兴兴的。原来,她去的第一天,

主人就交代清楚了，这是家双职工，很忙的。表妹的任务就是接送上小学的孩子，买菜、洗衣、煮饭，收拾家务。一个月五百块钱，包吃住。

五百块？开始表妹不相信。因为我们老家黑水凼，一个人一个月的生活费也不过两百块左右。五百块钱是个大数目。

半个月后，和朋友相聚，是在一起吃烤鸭。朋友说我找来的保姆灵性，比以前的好多了，勤快，活泼。

我很高兴，毕竟为家乡人做了一件好事。

只是表妹极少到我这儿来了，在征得朋友同意后，她又搞起了兼职，给同一栋楼的一位退休老师购物和煮饭。原来这个老师年事已高，儿子和闺女都在南方工作，叫他去他不习惯当地的水土，也不愿进养老院，于是就一个人开伙。以前是老伴照顾他的生活，老伴一去世，他的生活就狼狈不堪，甚至有一顿无一顿的。

表妹又额外有了三百元的收入。

我为表妹高兴，而且表妹懂事，发了工资，除了给自己留下五十元零用，全部叫我给她存上。我说不用了，叫她到银行开个户，办个卡，以后回家也不用带现钱。我还特别叮咛一些注意事项，比如不能用主妇的化妆品，不要抠买小菜的钱等等。在这儿远离家乡的地方，我得当好表妹的监护人。万一出了什么事，我怎么向大嫂交代呢？

好在表妹工作极其认真，有乡下少女的朴实和勤奋。

但是，在朋友家做了半年保姆后，表妹突然辞了，而且也没有和我打招呼就辞了，也没有说是什么原因，搞得朋友莫名其妙。

朋友于是找到我，一定要搞清楚原因。他是个公务员，是个什么事都要弄明白的那种人。

我叫来表妹一起吃晚饭。

开始表妹极不愿意说,后来才说是朋友这家人没有把她当成家人,歧视她呢。原来,朋友极好客的,每周都在家聚会,打麻将。当然保姆就得煮更多人的饭。有时半夜还得下面条什么的。

朋友从来没有向他人介绍过她,更没有在吃饭时叫她上过饭桌。

相反,那个退休教师,每次都要谢谢,每次表妹离开都要起身相送。表妹的话让我一下顿住了,保姆也是人,也得受人尊严。现在毕竟不是旧社会了,那时的保姆是下人,低人一等。

表妹的话让我觉得她不简单,是个有思想的女孩子。

后来,我把表妹介绍到一家工厂工作,虽然三班倒,工资也不过千把块,但她高兴极了。因为在那儿,人人是平等的。

周末,表妹就到我家,帮妻子收拾家务。妻子很高兴,每次吃饭时特别注意,一定要先让表妹坐下。

表妹虽然每次累得够呛,但脸上仍旧是笑吟吟的,因为在城里,她也得到了尊重。

红帽儿

村主任接受乡里的任务:在年底前选出一名致富标兵,出席县先进表彰会。可这黑水凼山穷水恶,土地到户后只能做到自给自足,有粮有肉,可钱就是无法多挣,没有产量嘛。弯起指头东掐

西算:嘿,真是不算不知道,一算吓一跳!这杨木脑壳不就是现成的标兵嘛。

说起这杨木脑壳,是全村最憨直的人,叫他木脑壳,是说他脑筋不转弯,像木头一样。这不,土地到户后,有人种菜,有人做小工,有人搞编织,虽挣不了大钱,但人家的家境却越过越好。他倒好,除了种地就是种地,还帮劳力弱的,不收一分钱,管三顿饭。因此,他的日子越过越凄惶,连送女儿读高中都没钱。

杨木脑壳成了标兵,就是因为女儿杨柳。

杨柳初中毕业,考进县重点中学,可收费高,他爹供了三学期,弄得浑身是债,家中该卖的都卖了,剩下的卖不了。一气之下,她辍学到沿海打工了。据说,就是今年,她给家里寄回了一万多元。

这个数字在城里不算啥,还当不了贵妇人的一条狗。可在我们黑水凼就不得了,一万多元,盖房造屋都够了。这杨木脑壳不算致富标兵谁算?

于是经村委会研究,决定上报杨木脑壳为本村致富标兵,出席县表彰会。同时决定文字材料由村秘书李卫东负责。

李卫东跟杨木脑壳是表亲,平时爱吹牛。这不,李卫东来到杨家,说是要上报他为致富标兵,到县上去开会,杨木脑壳把脑壳甩得像小娃儿玩的拨浪鼓,打死也不相信。到后来他承认女娃儿确实汇了一万多元回家,李卫东说这不是嘛,我们黑水凼哪家一年有一万多元纯收入?报你为标兵,没得说。而进县城"洋盘"一回,县上还有奖金,也风光风光。

这致富材料怎么写?因为女儿杨柳从没提起过钱是咋个来的。

李卫东写了十多年材料,当然肚子里有点油水。他说,就写杨柳高中文化,在一家台胞办的工厂打工,技术提高快,成了技术员。《送子读书,打工挣钱,农村致富有新招》。材料有事实,有数字,非常感人。村主任很满意,乡长很满意,连县长也很满意。开会的标兵们对杨木脑壳也服气——真是人不可貌相,这憨头愣脑的家伙,原来肚里有货。你看人家多有远见卓识哟。

杨木脑壳很风光了一回。回村时,特意戴上了那顶县上发的红帽儿,上面大书:致富标兵。

村里人也另眼相看,人家杨木脑壳,其实并不木。

自从杨木脑壳成了标兵,也成了我们黑水凼村的名人。名人嘛,就不一样了,以前鬼都不上门的杨家,人气指数直线上升。别说本村的领导,时不时地亲自"关怀",当然少不了一顿酒饭,乡里的领导来村里,也要亲自接见他。其他别的人来拉赞助,杨木脑壳一概以礼相待。除了管酒,管饭,多不多少不少,总是不让来人失望。确实,他杨木脑壳几辈人,谁有他风光过?况且,杨柳寄钱的次数越来越多,金额也是越来越大。自己富了,不要忘了乡亲。电视里这么说,广播里这么讲,报纸也这么宣传。

杨木脑壳家几乎每晚都在开席,没有客人的日子极少。他老婆心疼,但又不敢违杨木脑壳的意。因为杨木脑壳说得够白的了:人家看得起你才朝这儿走,人家乡长村主任还差你这点吃的?不过,开销也太大了,一个月光啤酒钱就要几百。杨木脑壳有时也想过,是不是停下来,但不行呵。乡里又叫他到外地考察,又让他进什么新农业学校专门学技术,这都不是花钱能买来的。因此,他只好写信给娃儿,一定要按时寄钱转来。

那一年,杨家各种吃的捐的,少说也有一万多。别说新存款,连老底子也保不住。

那年年底,他又被评为致富标兵,又从县长手中接过一顶红帽儿。

会一完,就接到电报,不是女儿的,是女儿一同去打工的秀芬的。电报说:杨柳死了,快来处理后事。

晴天霹雳!杨木脑壳一下懵了。来到沿海,女儿的尸检出来了,是 HIV。这杨木脑壳不懂,听人解释了才明白,就是人们俗称的艾滋病。

艾滋病?女儿打工怎么会得艾滋病?

秀芬不得不说实话,她对家里称在打工,其实是在做"三陪"。

真相面前,杨木脑壳恨自己无能。恨自己在家荒唐。恨乡村那些白食者们的无耻。

安葬好了杨柳,杨木脑壳在坟前把两顶风光无限的红帽子儿化成一堆灰烬。从此,他见到红色的东西,就像祥林嫂见到狼。

一巴掌

芬来到工地的时候,空子很不高兴:"不是叫你在家把地种好吗?还有那么多的橘子,你走了,妈那么大年纪,担不动水,挖不动锄,咋办?"

芬不好意思说她想男人了,只说是进城来耍:"人家想到城里来看看嘛,又不是不回去!"

工地上好多人朝空子笑,有的还用手比那种男女房事的手势。

空子嘴上说得那么狠,其实心里乐呵呵的。要知道,他有好久没有亲近过女人了,为了给工程赶时间,这三个月没有休息一天,除非是下大雨,不得不停工。因为这是三峡移民住的还建房,工期很紧,必须六个月内交房,这三个月他都没有回过家。

空子是个保守的人,有的男人熬不住了,就到和平广场去打那种20元一炮的野鸡。但空子不去,不是他舍不得钱,是他不愿背叛芬。

新媳妇来工地,当然是件喜事。

芬是下午才来的,已过了四点钟。空子就向小工头说:"借那屋用用!"

小工头是他们村的,说白了这些人是他拉来的,他从主体工程大包头那儿承包砖工组,这些人就是他的队伍。

小工头明白,那屋其实是个工地的工具房,有一张简陋的床,哪个人的老婆来了,就到那儿去将就,其他人都是睡大铺。

工地的伙食,简单粗糙,不过还是顿顿有肉。一餐二元五。

芬说她不吃工地的饭,就从挎包中拿出家里蒸的白糕,还有香肠吃起来。

夜还没有黑尽,月才吐出芽儿,空子老早就在催芬上床。但芬还是忸怩,毕竟这不是自己的家,工地上还有好多狼似的眼睛。直到过了十二点,才磨磨蹭蹭地上床。

床简单得不能再简单,就是工地用来防护的笆篓铺的,垫上草和席子,就算是床了。

芬心痛男人，挣个钱不容易哟，要不是结婚时拉了一屁股债，她不会让空子出来挣这个钱。她听说过，工地上跌断脚、摔断背弄残疾甚至死了的，不是一个两个。哪个工地没有伤过人？

芬左右前后看了一会儿，见没人，才上床。这屋的门也是个笆簧，里外都没有扣，只好用个小木棍抵着。空子一下像头发情的公牛，把芬一掀，"唰啦"就扯下她的裤子，迫不及待地亲起女人来。

开始，芬还有点担心，一会儿也就忘乎所以了，毕竟结婚才十多天，男人就走了，这一走就是三个多月呵。

突然，"砰"的一声，抵门的棍子倒了，笆簧门"呼"地开了。

芬说："去把门关上！"

空子正在兴头，哪管这些，嘴里只是哼哼唧唧："不管它，又没人！"

芬被压得死死的，有话也说不出来。

这时，突然射进两柱电筒光！

电筒光照在空子光秃秃的背上，白亮亮的屁股悠晃。有人道："这是哪个？有没有暂住证？"

手电筒的光柱，一直落在两口子身上。

空子不敢动。

芬不敢哼。

"你们是干什么的？在工地上卖淫？"

芬怒了："你才卖淫！"

她居然不怕羞，连裤儿都没有穿上，把空子掀开后，起床就上前，"啪！"她给了前头那个矮点的人一耳光。

那人大叫："你敢打老子？我是协警员，夜间巡逻的！"

空子赶紧穿上衣裤,从包中掏出烟,给两人点上,直说好话:"大哥,她是我老婆,不懂事,你就原谅她一回吧。"

后面高的那个道:"她是你老婆?你骗谁哟,有结婚证没有?"

"有。"

"拿出来!"

"在家里呵,谁把结婚证带在身上。"

矮个子道:"没有结婚证,就是卖淫嫖娼,先穿好,跟我们到派出所去!"

两人油盐不进,硬是把空子和芬关进了派出所,喂了一晚上蚊子。

第二天,小包工头来了,说明了情况,派出所才同意放人。不过,芬打了协警员一巴掌,得关七天!这是治安处罚。

七天后,芬出了拘留所没有回工地,直接回家了。

但空子打电话回去,家里妈说人没有回来啊。这下,空子心慌了,连忙同工头请假往家赶。还没有到家,到了村里的池塘,那里围了好多人。空子一去,眼一下绿了。芬死了,淹死的,一肚子的水让她成了个气球!

"芬呵,你、你、你咋个想不开呢?"

惊天动地地哭,让所有的在场人都落泪。

空子讲了事情经过,村里人眼睛全红红的,都说:"要找派出所赔,找那两个协警员赔!"

空子后来没有找派出所,因为埋了芬,他也疯了。

大 M

姓啥？不知道。

名啥？不知道。

在工地，人也分三六九等，一等人是经理，上班一杯茶，下班去找胯（进发廊、夜总会）。二等人施工员，工头请他进餐馆，又敬酒来又敬烟。三等人是组长，拿个本本管记账（记工、记材料）。四等人砌砖头，一天也有五六十。五等人，当小工，出力挨骂臭烘烘。

大 M 算几等人？什么等都算不上，因为她连小工都不如。小工一天 30 元，而她一个月才 600 元。好在当厨师，吃饭不给钱，也不需要什么技术，都是些大锅菜。

因此大家不记得她的姓，不记得她的名，只晓得她叫大 M。

说起这个绰号，都怪一个叫耗子的砖工。

那天，他们刚开进工地，中午吃饭，见给他打饭的是个肥硕的女人。说她肥，主要表现在臀上，上半身并不肥。因为是热天，她穿的是很薄的七分裤，可能有点小，屁股的两瓣就被勒成了个"山"字。耗子便问和他一起打饭的獐子："你说这个婆娘像什么？"

獐子老实巴交，是从奉节来的民工。他想了半天，还是想不起来像什么。

耗子很不满地说："你真笨，她像不像英语里的 M？"

獐子半天悟过来,嘿嘿地笑了。M,这个只读了两册初中的人已好多年没有认过字母了。不到半天,工地的人都知道了,他们的炊事员叫大 M,是个屁股比磨盘大的母家伙。

工地就是工地,是男人的世界。小工中有女的,不过极少,一百个人不到五个。于是工地除了疲劳,还有种东西过剩——荷尔蒙过剩。因此不管多累,回到大铺集体寝室,总有人讲黄色笑话,说黄色段子。当然,这些只能过点嘴巴瘾。有的过不了瘾,就去"快餐",一回也要七十块钱,能换五十斤大米呵。

耗子就是个爱讲黄段子的人,因为他是个老光棍,快四十了还没有娶上老婆,大家也就觉得自然。

那天,耗子睡不着,都是因为去看了一部黄色电影,让他心痒痒的,里面的骚女人,连他都怕。他悄悄下床,跋着鞋出了门。乱走,不想就走到了厨房。一下肚子就饿了,心想厨房总有吃的吧,于是就钻了进去。

七月天,平均有三十七八度,热得难受。工地上的人就睡地板,睡天楼。想不到,一进厨房,大 M 睡在凉板上,上身只穿乳罩,下身仅着三角裤。那两个奶子活突突地要奔出来。一身雪白的肉。

她正在打鼾。

耗子立马有反应。开始是呼吸急,然后是下体胀,最后是心生色意。

他蜕去了大 M 的内裤,恶狠狠地扑了上去。

这一扑,大 M 就醒了,于是两人厮打起来。

大 M 一身好力气,二十多岁,天天下力,绝不是林黛玉可以比的。耗子被打得趴在地上,嘴像狗一样直哈气。想不到这是朵带刺的玫瑰,刺得他鲜血淋淋。

他们这一闹,惊动了工地的保安。工地是样板工地,建筑公司是一级企业,出现这种事,搞得不好,好多人都会受牵连。首先他这个保安走不脱。企业的名声也要臭好一阵子。

保安上前狠狠地踹了耗子一脚,骂道:"哪里没有发廊?哪里找不到小姐,偏偏你要去强奸,这下不判你三年五年才怪!"

保安说完就要拖耗子走。

更想不到的是,还没有穿周正的大 M 杏眼一睁,"啪啪"甩手就给了保安两耳光:"谁说是强奸?谁说是强奸了?我们俩好,闹起玩,关你屁事!"

保安一下木木的,找不到话说,只好扭转背走了。

没有不透风的墙。第二天工地上都晓得了这件事。有说耗子不是人的,有说大 M 假正经的,反正各执己见。

只是耗子没来上班,也许他走了,工地的人流动本来就大。大家猜,大 M 也一定会离开。但到了中午,人们吃饭时,大 M 一如往日笑盈盈地在那儿,好像什么事也没有发生过似的,这倒让大家奇怪了,一个个的眼睛全是疑问。

大 M 不说话,只是用菜舀把铝盆敲得叮咚响。"打不打呵,不打饭就走开!"

打饭的人只好满怀狐疑地离开。

后来工地迁了,大 M 也离开了,人们眼中总是难忘:那硕大的"底盘",还有就是那颗心。

再后来,听说大 M 病怏怏在家的男人风闻这件事,要跟大 M 离婚,被她狠捶了一顿。她说:"等你病好了到工地试试,说不定你比人家耗子还猴急!"

男人这才没话说,两口子安安生生地过日子。

只是那个耗子,从此到外地打工去了,不知下落。

两百瓶啤酒

在工地,大伙总的感受就一个字,累。特别是小工,比大工累多了,人家干的是技术活,他们干的是体力活。因此一天下来,要不就喝酒,要不就躺在床上(其实也不是床,是在刚修好的空房里铺上草,再垫上纸壳什么的)吹牛,当然讲黄色笑话和段子居多。

只有一个人,不喝酒,也从来不讲黄色段子。他叫胡志良,落凼的人,三十多岁了,还没有结婚。倒不是他人长得特别丑,而是他家太困难了。父亲以前是砖工,一次在工地五楼摔下来,断了脊梁,工头不但一分钱未赔,还连工资也不给结。那是二十世纪八十年代初,法律不健全,民工的伤残没有地方讲理。母亲一边要拉扯胡志良,一边要照顾父亲,不到四十岁,头发全白了。到了胡志良成年,没有文化,没有技术的他,只好到工地当小工,挣钱养活父母。媒人给他介绍过几个女朋友,到胡家一看,全都撤退。没有法,只好打光棍。每天晚上,那些黄段子黄笑话,就是对他的折磨,谁没有七情六欲呵!

工人们喝酒,都爱到杨嫂那里去买。开始胡志良不明白为什么,因为工地侧边有商场,有副食店,而杨嫂卖东西的地方,只是

个破工棚,只卖酒和点心、方便面、花生米,简陋得不能再简陋。后来听工友说,杨嫂的丈夫以前是工地的一个施工员,一家人的日子很好过。后来病死了,留下杨嫂和一个小女孩。她们家在大巴山深处的城口县,很穷的。因此她就没有回去,在工地上没有技术,也没有劳力,怎么求生活呢?有人给她出了点子,在一个破工棚里专卖这些东西。工友们每天都要花些钱买生活用品,大家就上杨嫂这儿买,这样帮助她们母女俩。工地在什么地方,她们也就跟到什么地方。

胡志良从来没有在杨嫂那儿买过东西,他不抽烟,不喝酒,也不吃零食。听了工友的话,他心里十分感动。但有一天,这感动一下就消逝了,都是因为同一个屋住的东子。东子说:他们愿在杨嫂那儿买东西,因为杨嫂说过,谁在她那儿买上两百瓶啤酒,她就陪谁睡一晚上!

工地的人爱开玩笑,特别是些带色的玩笑。因为累,因为没有多少娱乐,也因为性压抑和性饥饿。工地本来是男人的天下,有少数的女人,那是工头的妻子,或是资料员、预算员和炊事员。小工中有两三个女人,都是夫妻在一起的。对绝大多数男人来说,工地就是工地,女人离他们很远。

"你真的和杨嫂那个过?"胡志良不相信,但东子并没有回答,只是暧昧地笑笑。

从此,胡志良心中有个情节,不知道为什么,从不喝酒的他,每天吃了晚饭后,都要到杨嫂的工棚里去买上一瓶本地出产的双桂啤酒,还捎带一包花生米。大伙见胡志良也喝酒了,就像是发现太阳从西边升起一样,脸上怀着种莫名其妙的笑。这笑让胡志良感到委屈,难道你们是男人我就不是?你们能喝我就不能喝?

为了赶工期,工头令工人三班倒。本来晚上是不准作业的,因为噪音影响周围居民生活,特别是临近高考期间,上级早早规定,晚上所有工地一律不得开工,还令环保监察大队晚上巡逻,发现违规者,一律重罚。但交房的压力下,所有的开发商都忘记了什么是公众道德。这不,这天晚上,工头又命令开工,还不到三十分钟,环保监察大队的车就赶来了,捉了个现场。工地不得不停工,还要接受罚款。工头很气愤,后果很严重。是什么人告的密呢?不然他们是不可能来得这么快的。因为那天晚上胡志良没有上岗,不是病了,是他喝了酒就不能上岗了,因为他感到有点醉。说实话,每次喝了酒他都有点醉,何况那晚上是他的第二百瓶啤酒。

吃了饭,天上的太阳还没有完全西沉。胡志良缓缓走到杨嫂卖东西的破工棚对她说:"杨嫂,我一会儿退啤酒瓶,都两百瓶了。"

杨嫂只"呵"了一声,并没有多的话说。这让胡志良有点后悔。

他用工地的灰桶装上瓶子,每次四十只,跑了五趟,共一百九十九瓶。交清了瓶子,他再买了一瓶,当着杨嫂的面,咕噜噜三下五除二,喝了个精光。

然后对杨嫂道:"杨嫂,我喝上两百瓶了,听说……"

杨嫂仍旧是微笑,"听说什么呵?"

"听说,听说,两百瓶你就要……"

"就要怎么样呵?"

这下倒弄得胡志良不好开得口了,结巴起来,脸也火烧似的,毕竟对着一个少妇,而且姿色还不错的少妇。

"咯咯咯,你听他们说的是吧?"杨嫂笑了笑说。

"是的,听东子说,只要在你这儿喝上两百瓶啤酒,你就会和他睡觉!"胡志良终于说出了他心里的想法。杨嫂听到这话,泪唰唰地往下流,这下倒让胡志良心慌。

好一阵,杨嫂才停止了哭泣,然后道:"小兄弟,感谢你买了这么多瓶酒,其实东子他们是开玩笑的,他们都是我老公生前的好友,见我们母女俩生活无着落,想着法儿支持我们。"

这下轮到胡志良脸红了。"杨嫂,你也别见怪,其实我也不是那个意思。我是想证明一下你的人品,如果你真是那种人,我再也不理你了。如果你不是那种人,杨嫂,我愿意成为孩子的父亲!"

杨嫂听后感动不已,这么多年,想和她亲近的人不少,但没有一个人愿意接受她的孩子。人们都知道,孩子读书要花多少钱呵。现在的男人太现实了,胡志良能这么说,真让她感动。

不久,杨嫂成了胡志良的妻子。胡志良和新婚的妻子,还有孩子,一道回到他的老家。他相信,只要勤劳,一家人一定能活得好。

流浪的故乡

老坎叫我去喝酒的时候,我正在跟奚幺妹调笑。

远离家乡,除了上班时间,其他时候,寂寞难耐。有人打麻将,有人钓鱼,有人喝酒,有人网聊。我喜欢在网上看言情小说,反正包月,任意看。读了好的段子,上班时就讲给奚幺妹听。

别看奚幺妹是个农村女人,那腰却只有一尺八,所以平时看她,生怕她扭屁股时扭断了腰。她是我的下手,负责备料。所以,不得不接受我的骚扰。

"一起去不?"别看奚幺妹斯斯文文的,却是能喝的女人。据说,她结婚时,把一桌男的喝趴了。

我们到了老坎的出租屋。

老坎是利川来的,那儿是齐跃山区,海拔一千三百多米以上。家里的老婆负责服侍娃和老人,他每月打两千块钱回家。我来自万州,和老坎隔道山梁,半个老乡,所以他常请我喝酒。

奚幺妹是重庆武隆的,也是大山区人。

老坎是磨工,有点技术,每月比我挣得多。大约在四千到四千五之间。我呢,只有三千块左右。奚幺妹更差,只有两千块出头。

所以,我们喝酒,都是自己弄菜。红烧肉,洋芋片,凉拌三丝,韭菜煎鸡蛋,豆腐小菜汤。

我们到的时候,老坎已弄好了菜,摆在一张小方桌上。酒是白酒,今天只多了一碟油炸花生米。有酒就有话,特别是我们这些流浪在外打工的人。

离家,几千里呢,现在虽然通火车了,也要坐一天一夜,才到达义乌,再转车到乡镇。加上从老家出发时还要坐汽车,路上得花四天左右的时间。

奚幺妹挺能喝,我们仨不知不觉间,就喝了两斤白酒。再倒酒时,老坎的脸红红的,像鸡公的冠子。

"老坎,怎么啦?"

"哎,眼镜,你晓得啵?我父亲去检查,是肺癌。"

这基本上宣判了死刑。

农村人根本没有钱医病,老人们都是拖死的。现在的医院,没钱就停药。那个农合医保,治不起大病。

"说啥呢?说家乡吧。"老坎主动不说家事了,毕竟对打工仔而言,对大病是没有办法的,只能干望着。

老坎摆只碗,他说,这是齐跃山。

老坎摆双筷子,他说,这是清江。

老坎摆个杯子,他说,这是恩施大峡谷。

"幺妹,知道不?那首《龙船调》的歌就发源于我的家乡恩施州利川市柏杨镇!"

"郎个不晓得嘛。"奚幺妹说着唱起来:

"正月里是新年哪咿哟喂

妹娃儿去拜年哪喂

金那银儿锁

银那银儿锁

阳雀叫哇抱着我那哥哇抱着我那哥——"

这奚幺妹,居然唱得婉约深情。虽然比不了汤灿,却也入耳。

老坎喝多了,不能自已。

他拿出风味小吃,血豆腐,让我们尝,这家伙,把好的藏起。

他拿出糯苞谷汤圆粉,要给我们煎粑粑。太麻烦了,这可是他过年后带来的哟,放了那么久。

他拿出老婆纳的鞋垫子,红黄绿蓝的线扎的,漂亮极了,他从来没有穿过,装在随身带的化纤袋里。

"老坎,别喝了。"

"眼镜,我没有醉呢。我想家呵,我想家呵——"

这是江。清江,一年四季流着甘冽的水。他摆的是一双筷子。

这是齐跃山。热天从不用电风扇。他摆的是一只碗。

这是恩施大峡谷。人进去了,就不想出来哟。他摆的是一只酒杯。

家乡,被老坎搬上了桌子。

我们的眼里,是起伏的山峦,是流动的清波,是风吹响的树叶,是悬崖上攀缘的枯藤,是山坡上绽放的花朵,是红红的辣椒串,是火热的山歌。

老坎醉了。

我和奚幺妹把他抬上床,他嘴里还在嘀咕——

"幺妹子要过河哎

艄公你把舵扳哪

幺妹你请上船

啊喔活喂呀佐

啊喔活喂呀佐

将幺妹儿推过河哟儿喂——"

奚幺妹恨恨地说:"酒鬼,人家唱的是妹娃要过河哎。"

我掐了奚幺妹一把,嘴上说:"一样,一样。"

其实,我们仨都醉了。因为,我们仨,心中的故乡,都在流浪。

朱小工

在工地，人员结构特别有讲究。比如小工，一定和大工有关系，要不是大工的老婆，要不是大工的孩子，要不就是大工的亲属，不然，人家是不会要你的。只有朱小工，和大工们没有关系，连老乡也不是。

朱小工才是真正的"小"工，有多小？满打满算才十五岁，好在他长得黑，胡须冒得早，一看像十七八岁的小伙子，再说工地上谁也不会注意一个小工。

朱小工，过来，给老子买包烟去！

休息的时候，大工老李吆喝着。朱小工乖乖地过去，接过钱，一阵风似的跑向商店，不用问，五块钱一包的山城，朱小工给老李买烟也不是第一次了。

朱小工，过来，给老子打盒饭去，老子懒得走，躲在阴凉坝里吃。

午休时，大工张歪嘴在使唤他。

朱小工也没有吱声，过去接了钱，就匆匆忙忙地走。洋芋盖饭，朱小工知道张强的口味，而且一定是酸辣子炒洋芋丝。

朱小工，给老子捶捶背。命令他的是施工员老傅。这是工地的最高"领导"，比大工高一篾片的，管技术，不做活，拿个眼睛四处睃，一旦瞅着不对头的，比如缝未合拢，比如浇铸的水泥不对号,比如角没有抹灰等等,他就要大工们返工。虽然极不情愿,也没有法,人家掌握着生死大权——记工呵,要是扣你一个工,就是好几十块钱呢。

老傅真老,如果不认真看,一定有六七十岁了,头发全白了,脸上尽是鸡皮疙瘩。其实,老傅不过四十七八,因为长年做砖工,日晒雨淋,显老相。终于熬成了施工员,所以特认真。好多大工都不喜欢他。但朱小工喜欢他,甚至只要有空,不用喊,他也会给傅施工员捶背。傅施工员从三楼摔下来过,断了两根肋骨,虽然治好了,但背时不时地痛,特别是阴天。因为,朱小工能来这儿当小工,都是因为傅施工员。

冬天,朱小工的父亲去外地贩运点核桃回来卖,他一直在做小生意,虽然赚不了几个钱,但比种庄稼强。可是,在大巴山收核桃时,不知得罪了什么人,居然被砍了七八斧子,死得莫名其妙,警察一直没有破案。

父亲一去世,这个本来就贫穷的家,一下就垮了,母亲躺在床上,爬不起来,还有个小他五岁的妹妹在读小学。朱小工只好辍学,尽管在乡初中,他的成绩绝对是前五名,考重点高中没有问题,但是,一家人的生计,落在他稚嫩的肩上。他向学校申请休学一年,尽管老师们想了不少办法,但还是没能阻止住朱小工的想法。他要去打工挣钱,给母亲医病。可是,一个不到十五岁的孩子,能打什么工呢?

朱小工来到城里,在一个又一个的工地上跑,人家都拒绝,因为小工也要用知根知底的人。这工地呵,讲究呢。跑了三天,最后是傅施工员相信了他。因为,傅施工员看了他带的书包,里面有课本、作业本、练习册,还有学生证。

一天给朱小工五十块钱。朱小工给工地挑灰沙浆、搬砖、运其他材料,给大工打下手。刚好,砖工解胖子的婆娘回家生孩子,差个小工呢。

第一天,朱小工的肩磨脱了皮,晚上,傅施工员送来几张膏药,让朱小工感动不已。自从离开学校,这是他第一次得到他人的关爱。朱小工吃盒饭,是三块钱一盒的,没有肉,全素的。有一天,老板来了,很年轻,很讲究,坐的是奔驰,他请傅施工员吃饭。

工地那么多人,傅施工员说,叫上朱小工吧,这孩子可怜哟。

老板同意了,于是朱小工吃了顿他从来没有吃过的长江鱼,饭后傅施工说,这顿饭,一千多块呢,那鱼八十块钱一斤。那酒六百块钱一瓶。

朱小工张开的嘴,像死鱼的,再也合不拢,我的天爷,一顿饭吃那么多钱,在农村能买多少化肥呵。

一学期,短短的六个月,朱小工的身子变得硬朗多了,一百多斤的担子,挑在肩上轻飘飘的,没有感觉。他不想回学校了,想一直干下去,母亲的病好了很多,但不能劳动,这个家,他得撑着。

他把想法向傅施工员一讲,想不到,傅施工员平时对他温和,从来没有打骂过他,居然给了他一耳光。这下,朱小工懵了。

你这孩子,咋就不懂事呢?你必须读书,而且得好好读书,一定要考上大学!

朱小工愣愣的,坐在那儿听傅施工员讲道理。道理当然他懂,现在不读书,未必一辈子当小工不成?可是钱呢?

傅施工拿出个塑料袋子,里面全是钱,一块的,两块的,五块的,十块的,二十块的,用橡皮筋扎着。傅施工员说,这些钱,全是你的。有一万三千多块钱。够你读高中了。

这下,朱小工说不出话来。傅叔,这些钱不是我的呵!

是你的,是你挣的!

朱小工当然不相信,因为每个月都结了账的,他的钱存在个折子上。六个月,共挣了八千多块,除去生活,还剩六千出头。

傅施工员拿出个本子,一笔笔地念:这六个月,你给老李买烟一百四十二次,每次跑路费一块;你给张歪嘴打饭一百五十一次,每次跑路费一块;你给刘麻子的孩子晚上补课,共九十次,每次十块;你给我捶背,共有七十次,每次二十块;你帮李拐子守材料,共有七十三晚上,每次十五块;你给吴大强弟弟在医院当护理,共有十七个星期天,一天四十块……这些都是你应得的。

朱小工的泪一下就涌了出来。他直想给他们跪下,叫一场吴叔,张叔,李叔,刘叔,傅叔……

几年后,朱小工考上了建筑学院。

可他再找不着这群人了,他们又不知流落到了哪个工地。

刘二打工

刘二原本不想去打工,但老婆却天天催他。这也不能怪他,他们春节才结婚。但不去打工咋办?结婚时欠了一万多块钱的账,下半年家里又要添新口,光地里那丁点收入,根本就不够用,更别说还债了。

刘二说:"我不是舍不得你嘛!"

老婆说:"你去,下半年就回来过年,等生了娃,把娃交给我妈带,我们一起去打工!"

刘二还是不愿意,因为他是个高中生,还是重点高中的,不比得没有文化的农村青年。他说,要不这样,我就在本地找个工打,家也关照了,好不?

老婆说,也行!

星期三的劳动力市场人山人海,刘二挎个黑不溜秋的书包,里面装着他的宝贝:毕业证,身份证,还有一本崭新的《劳动合同法》,这可是他从新华书店花十二块钱买来的,电视上天天在讲,现在打工的也要学会维权,要用法律保护自己的权利。

刘二来到一个柜台前,那里端坐着两位小姐,口红抹得艳艳的,像两只红嘴鸟。"神山集团"招聘:物管员,资料员,采购员等等。刘二还是有些怕,好一阵才怯生生上前:"我能应聘吗?"

两位小姐看了他的资料,再看了他的身份证,然后道:"你只能应聘采购员,其他的都要持证上岗!"

"你们签合同吗?"

"签。"

"你们给员工买养老保险吗?买失业保险吗?买医疗保险吗?"

"不!"

两位小姐回答得很干脆。见刘二一愣一愣的,一个年纪大一点的小姐说:"我们是家大型房地产开发公司,上万人,流动性很大,因此我们从不买养老保险。"

刘二不解地问:"你刚才不是说要签合同吗?"

"是的,我们合同的主要条款是要限制员工随意流动,保护公司的利益。"

刘二只好另换一家。

这家是个大餐馆,需要的是二厨、白案、洗碗、外卖。

刘二想自己不会厨艺,只能应聘外卖了。他正要拿出他的毕业证什么的,人家就阻拦了他:"你应聘什么职位?"

"外卖!"

"外卖不需要文凭,只要腿快就行。"

"你们签合同吗?"

"签。"

"你们给买养老保险吗?"

"不!"

刘二不解地问:"你刚才不是说要签合同吗?"

"我们合同的主要内容是应聘者必须交纳押金一千元,以防止他携款潜逃!"

刘二差点发火,这餐馆怎么想到别人全是贼呢?他又只好离开。

这一家的招聘人是个老头儿,有些面善,刘二就上前给他敬了一根烟,老人接过去,看了看,并没有点燃,然后放在桌子上。"小伙子,你想应聘什么?我们的工价可高呵,起点是一千二。"

看上面写的职位,是普工、技工、工程师。这是家化工厂。

"我应聘普工。"

"呵呵,普工是一千二起薪。"老头说。

"你们签合同吗?"

"签啊。"

"你们买养老保险吗?"

"买!"

"你们买医保吗?"

"小伙子,看来你不是第一次打工吧?把《劳动合同法》搞得这么熟?"

刘二不好意思地笑笑。

"你们加班给双倍工资吗?"

老头摇头:"我们是家私营的小化工厂,那样高的工资我们可给不起呵。"

"那不加班?"

"当然要加,只是适当给点加班补助。"

老头一脸的诚实。

刘二又看了很多家,但都没有如意的,没有一家按《劳动合同法》办事的。快十二点了,劳动力市场也就散了,工作人员在撤摊位。

刘二灰溜溜地回到家,连午饭也是回家吃的。老婆问:"你找到工作没有?"

刘二不好说没有,村里好多人都在城里打工,自己好手好脚,还是读了高中的,要不是父亲突然病故,他是考得上大学的,怎么会找不到工作呢?

"找到了,找到了,明天就上班去!"

老婆本想问问详情,见刘二一脸的疲倦,就懒得问。

那晚老婆极尽温存,说:"你在外打工,不要太拼命,遇事要冷静,钱多钱少不要紧,一定要安全。"

说完又让刘二摸她的肚皮,那里面有他们的孩子在蠕动。

第二天一大早,刘二背个铺盖,提只化纤口袋,里面装着他的几件换洗衣服,就要出门。老婆说:"你不把你那宝贝毕业证带上?"

刘二说:"我已找到工作了,再不用那东西了。"

老婆一愣一愣的,心想有些怪呵,往常刘二把个毕业证当个金宝贝,说是管一辈子呢,连她都不许碰一下,现在却不带在身上。

刘二进了城,找个偏角角租了间房晚上住,然后就上街当起了扁担。

这个不要文化,只要有力气就行。

这个没有合同,因为《劳动合同法》上讲得明白,这个叫劳务,不是劳动,因此不受这个法保护。

他后悔不该去买那本书,白白花了他十二块钱呢。

樊五种树

樊五在城里当扁担,这天,吃了盒饭,想找个地方凉快,就碰到了幺鸡。

幺鸡是他的小学同学,很久没有见面了,因为他长得瘦,又是家里的老幺,从小大伙就叫他幺鸡。

"老同学,你干啥子?"

樊五真不好意思说他当扁担,但肩上的扁担,扁担两头的绳子,又明白无误地暴露了他的身份。

"当啥子扁担嘛,来来来,到我种树队来,好歹我们是同学呵。"

就这样,樊五成了种树队的临时工。

种树队全是临时工。他们的上级是绿化队,绿化队的上级是园林处,园林处的上级是市政局,市政局的上级呢?连幺鸡也不知道了。他只见到过绿化队的队长。这人是他表舅的儿子,所以樊五才谋来这门好差事。

原来,这是个三峡移民新建城市,因此绿化任务特重。绿化队忙不过来,就招聘了很多临时工,组成种树队。幺鸡给他表舅的儿子送了不少好处,成了一支种树队的头儿。也就是说,他从绿化队把任务承包过来,然后找人种树,给这些种树的人发工资,当然他得的利益最多。有多少?幺鸡心里明白,因为他还要跟表舅的儿子分成。利益不是他一个人全得。不过就三年,幺鸡已成了有房有车的人物,今天要不是吃了饭,想消化消化,才碰巧和樊五打上照面。

"一天60块钱,包中午饭,按天算。"

樊五当然没得话说。当扁担有时挣得多,有时挣得少,有时还打光脚板。

即使是临时工,也比扁担高级很多。

幺鸡叫个中年人给樊五做示范,自己忙去了。

原来,樊五以为种树谁不会呵,农村人谁不在房前屋后种树?谁不在包产地的地边上种树?种树一般是春天,清明前后,种下的树成活率才高。可是,这种树队,却是一年四季种树。他们种的不是本地的树品,而是从南方拖来的,叫小叶榕。

樊五看了一道,就明白了种树的要领。轻放,顺根堆土,堆泥的松和实恰到好处。然后给树挂上营养液。

这树比他儿子小时还金贵,还要挂营养液,据说一瓶就要几十块钱呢,这真是糟蹋,本来春天才能种树,你现在夏天种树,不是乱弹琴吗？把豆腐盘成了肉价钱。

樊五心里这么想,但嘴上没有说,默默地种树。头天下来,并不太累,还真比当扁担好。因为太阳大时休息,中午饭也不是三块钱的快餐,而是在馆子里吃,点菜,幺鸡结账。

樊五回到家,给老婆讲了这事,老婆说,你这同学真好,你得好好谢谢人家,把活干好,别给老同学丢脸。

可是,樊五做到第二周,差点被幺鸡开除。要不是他们是同学,走人是必然的。

原来,樊五想这份工作来之不易,于是特认真。

这天幺鸡来检查工作,给樊五散了烟,好烟,天子呢,四十多块钱一包。樊五边和幺鸡聊,可没有停下手里的活,因为种树队的人,也特别计较,比如今天种一百棵,一人就是五棵,绝不会多种,也不会少种,因为他们的工资在幺鸡那里是平均的,谁也不多,谁也不少。樊五是新手,当然就要认真,抓紧,不敢耽搁。幺鸡一看,嘴上说"樊五,种得不对呵！"

樊五一愣一愣的:"咋不对了？"

幺鸡左看右看,半天才说:"种树得这样——"于是幺鸡拿起锄头,一砸一砸。

那些被草绳捆着的树根,不就被砸死了么？樊五心想。

樊五不解,嘴上说:"你这样,树还怎么活？"

幺鸡放下锄头,狠狠地吐了烟屁股,然后说:"不这样我吃啥？你吃啥？"

原来，经过层层承包，到了幺鸡手里，利润已经很薄了。幺鸡会做亏本的买卖？上面说，成活率只要达到70%就合格，那30%得重栽，工钱还是头次栽的倍数。这就是幺鸡发财的奥秘。

樊五目瞪口呆："这不是公开骗钱吗？这不是拿昧良心的钱吗？这不是糟蹋公家的钱吗？"

攀五道："你哪那么多废话？只要你10棵里砸3棵树的根和须就行了。"

樊五的心在滴血。这些天，他已知道，种一株小叶榕，从树种拉回来，到成活，要投资3000块钱呢。

3000块是多少？是本地一个农民半年多的收入！

樊五气愤，但又无可奈何！

第二天，他就辞了工，连工钱也没有结，仍旧去当他的扁担。那些以往的扁担朋友问他："啷个把那么好的工作辞了？"樊五只摇头，不说话，人就像一株干枯等待重栽的树。

樊五本不想告发幺鸡的，可是他心中的这话憋不住呵，人快怏的，就像刚生了孩子的女人，周身无力。有一天他干活时走神，把雇主的箱子给挑砸了，差点出大事，人家箱子里装的是古董呢。

樊五最终没有憋住话，但他并没有讲给他的扁担伙计们听，而是直接走进了本地都市报人民来访室，讲出原委，长舒了一口气。

幺鸡进去了，他那个当绿化队长的表舅的儿子也进去了，据说还有更大的官被牵连。

樊五看着路边新栽的树，一脸的泪就像挂着的营养液，一滴滴地往下流。

救命老鼠

在一家私人煤矿里,有一个小矿工,他姓印,大伙儿叫他"印小脑壳"。他刚来的时候别的班都不要他,最后还是李林要了。李林是班长,管着八个人。印小脑壳自从到了这家私人煤矿,这命就算交出去了,哪个不知道私人煤矿黑?每个人只要进了洞,能不能再出来见到阳光,就看你运气了!

这天,大伙儿正一刻不停地弓着背掘煤,突然"轰"的一声响,煤窑冒顶了!所有的人都惊慌了,一瞬间都成了呆子,痴痴地站着。出事的地点是进洞的巷子,进洞的巷子曲曲弯弯,仄仄的,仅能容下一个人,而且老板为了节约,什么排风扇、通气孔,全部省了,现在巷子冒顶了,垮了多少?不知道。有没有人来救他们?不知道!

眼前一共九个男人,最老的"黄趴腿",差不多六十了,据他说是为了给儿子挣娶媳妇的钱才下的矿。最小的是印小脑壳,看样子不过十五六岁,打算挣了钱继续读书,其他的都是二三十岁的男人。

先前印小脑壳只听说过"冒顶",但从没见过,现在一下子把他堵在地底,才让他明白为什么挖煤的人说起"冒顶",就像战争年代听说鬼子进村那样害怕了。

李林上前看了看塌的地方,离他们只有二十多米远,因此留

给他们呼吸空气的空间已经很小了。大家待在一起，没有声音，就像坟场一样死寂，听到的就是心跳和喘息声。有经验的人先熄了矿灯，为的是节约电；也有的人还悄悄摸了摸怀中揣的午饭，那是四个馒头，二两一个。为了多挣钱，他们进了洞，要干上十多个钟头才出来，在矿里吃的就是这些了。

黄趴腿首先顶不住了，"呜呜"地哭，一边哭一边吼："我的命咋这么苦呵，就这么死了，家里人连尸都收不到啊！"这哭声好比导火索，好多人都跟着哭了起来，没有哭的只有两个人，一个是李林，他挖了二十年煤，见过的死人多了，哭有鸟用？再一个是印小脑壳，大概是吓呆了，哭不出来。

李林上前给几个哭的人一人一个大嘴巴，吼道："人还没有死哭什么丧！留点力气，现在轮流到巷口挖，那儿只站得下三个人，其余的休息！"

没有人愿去，因为根本起不了作用，挖不挖都一样，等死！只有印小脑壳拿了个小小的锹，走了过去，一下一下地挖。后来别的人也来挖了，尽管他们不知道究竟塌了多少，但挖一点离死神就远一点。

时间一分一分地过去，渐渐地，巷道也没人挖了，因为没力气了。到了第二天晚上，大伙已二十多个小时没有吃东西了，而且空气中的氧越来越少，大家全身都软绵绵的没力气。

这时，意想不到的事发生了："吱——吱吱——"一阵老鼠的叫声，让等死的人们顿时亮起了眼，因为挖过煤的人都知道，老鼠能钻进来，说明这儿有洞和外面相连，那么，大伙就有活路了！

老鼠还在叫着，没有灯，但人们感到好像有老鼠在跑。平时人们不注意老鼠，甚至有些讨厌这些贼头贼脑的家伙，现在这老鼠的叫声就像动人的音乐,在这狭小的洞中时不时地奏着生命的乐章!这时,李林用很微弱的声音说:"有老鼠叫,大家就别绝望,撑着,外面的人一定会来救我们的!"没有人回答,只在心里默认着李林的说法。

印小脑壳缩在一角,黑暗中,他没作声,人们不知道他在想什么,只知道在这黑暗的地底下,一个半大孩子,为了挣学费,和他们一样在煎熬着。

不知道过去了多久,无法知道,也不必知道,在这漫漫的黑暗中,当大伙离死亡的边缘越来越接近时,那"吱吱"的老鼠叫声一直时不时地响着,只是这声音渐渐地微弱了,但在寂静和恐惧下,哪怕只是一枚针掉在地上的轻微声音,也比平时的洪钟巨鼓还要响,大伙正是靠着这低微的鼠叫声,在生命的边缘支撑着……

到了第五天,外面的人终于打开了洞,原本都以为地下的人全死了,不料一个个居然还都活着,于是惊奇不已,特别是煤矿的老板别提有多高兴了,他高兴的是没死人,他要省下好多赔偿金,而且,他的煤窑也不会被强制关闭了。

等这些人吃了东西,有了精神,才有力气回答"是什么让你们活下来的",他们异口同声地叫道:"是老鼠的叫声!"

人们不相信:"吹牛嘛!那里面会有老鼠?还有狐狸精呢!"

这时,还有一个人躺在床上没有醒来,就是那个印小脑壳,医生在给他输液,伴着这"滴答滴答"的输液声音,还有一个非常细微的声音,那是什么声响呢?医生找了半天才发现这声音是从印小脑壳的嘴中发出来的:"吱——吱——吱吱吱——"

"啊!"原来当时洞里不是老鼠在叫,而是印小脑壳在叫,他在用他的嘴学老鼠叫,让大家不绝望,挺住!印小脑壳小时淘气,学鸡叫狗叫猫叫鼠叫，学啥像啥，为这个还挨过大人好多次打。来到煤矿后，他听一个老矿工说过，地下的动物全是生灵，千万别伤它们，它们在人就能活。"冒顶"后井巷塌了，同伴们绝望了，于是他就试着学老鼠叫，想不到救了大家的命！只是学老鼠叫也花力气呀，因此他最早昏迷，也是最后一个醒来的人。

逃过一劫的人们总觉得欠了印小脑壳什么似的，李林也明白了大伙的意思：不要这娃娃挖煤了，撵他回学校，钱嘛，大家出！

就这样，印小脑壳流着泪离开了小煤窑，在一个初秋的早上，那八个人送了一程又一程⋯⋯

青　梅

青梅对峰子说：下周你躲几天，他来了。青梅说的他，是她男人拐子。

峰子呢？是她的临时老公。两个人是临时夫妻，俗称搅棒棒伙。

青梅不漂亮，也不风流。她到远方打工，也是没办法。男人是钢筋工，到甘肃修房，那儿的待遇比内地高。工地累，加上寒冷，收工了男人们就爱喝酒，而且得喝麻了醉了才收场。

男人喝多了，晚上出来解手，脚踩空了，跌在工地堡坎下，活活地摔断了一条腿，从此成了拐子，打不了工，在家务农。可是，种粮不挣钱，家里有俩孩子，拐子的脾气越来越大，也越来越好酒。打婆娘的事,常常发生。

为了躲避拐子的打,也为了缓解家里的经济压力,青梅只好出来打工。她没文化,年纪也上了三十,没技术,只能到超市当上货工,待遇当然低。超市不大,私营企业,常拖欠工资。

在一个同乡聚会上,青梅认识了峰子。

峰子在一家伞厂打包,只要劳力壮,不需要技术。工资也比青梅高一倍。那晚,他们刚好坐在一起吃饭,有人逼青梅喝白酒,她先天对酒精过敏,一闻身上就起鸡皮疙瘩。

峰子代她喝了,从此两个人成了朋友。

青梅没钱时,就找峰子借,从来没有被拒绝过。领了工资,马上还,打工的哪个活得容易哟!

在他乡,他们搅棒棒伙,彼此关照。

峰子的老婆在家乡的镇上,租房陪孩子读书。峰子要挣钱,要在镇上买房,可惜房价涨得太快,工资涨得太慢,五年了还没有凑齐首付。

两人一起,伙食费平摊。青梅也不占峰子的便宜,峰子偶尔从地摊上给她买个裙子啥的,也不拒绝。

两个人的出租屋,房租当然是峰子出的,这点,是男人的面子。差不多搅棒棒伙的,都是这样。一来男的挣得多些。二来嘛,女人付出的精力比男人多。比如煮饭、洗衣、收拾屋子,一般也是女人干。

峰子只好去和老乡挤,旅馆太贵,一天挣的钱还不够住一晚呢。

老乡的出租屋在镇边,农民房,宽些。只是,老乡一个人打工,女人在家,没有搅棒棒伙,所以出租屋很乱,很脏。峰子只好

当起了清洁工,还买来酒菜,二人对酌。

青梅不喜欢拐子,但也不恨拐子。乡村的女人,一辈子没有爱过,他们的婚姻,就像地里的禾苗,该长就长,该开花就开花,该结果就结果,然后该死就死。

拐子嗜酒,发现出租屋里有一坛泡的药酒。

青梅酒精过敏,从来不闻酒的,更恨拐子喝酒,她怎么会有酒呢?拐子没有说,只是暗暗留心。

拐子原先说只来耍几天,就要赶紧回家,孩子在读书,得有人照管。可是,拐子现在说不走了,要在本地打工,孩子嘛,托家乡的二哥管。

青梅愣神了,因为这是峰子的出租屋呵。

峰子着急,青梅更着急,所以上工时,俩人都心神不宁。结果峰子打包,居然扎了手。青梅在超市,竟然搬砸了货。

更没有想到的是——拐子找到了峰子,在峰子晚上回老乡出租屋的路上。

拐子说:我知道你霸占了我的女人,今天说说理。拐子说这话时,手里提着把菜刀,崭新的。

峰子说:兄弟,有话好说,我真没有霸占你老婆。你问问,在外地打工,这种搅棒棒伙的,哪个是霸占?

可是拐子不信,因为他在甘肃打工,工地就没有搅棒棒伙的。发了工钱,男人们上发廊和洗脚城解决需求。

峰子没有躲,结果被砍了三刀,一刀在脖子上,当场殒命。

拐子没有跑,主动打110报案自首。

青梅回老家,手里提着峰子的骨灰盒。峰子的女人不来处理峰子的后事,因为她是个瘫子,没法出远门。

青梅不知道把峰子的骨灰交给他的女人时,说啥呢?在监狱里的拐子,又在想啥呢?

家乡越来越近,青梅的心,比山还重。

查跛子

查跛子是真跛。对越自卫还击战,他是个新兵,参军不到三个月,就上了前线。不幸,腿中了一枪,三年后复员,上级安排他到杂技团工作。

杂技团能安排他啥工种呢?他又不会演杂技,只能做勤杂工,就是搬道具、洗道具、管道具,如果去外地演出,兼管点伙食啥的。

那时,人们有英雄情结,查跛子还娶了位漂亮老婆,棉纺厂的。

在团里,大家没有把查跛子当根葱大呼小唤。查跛子也有自知之明,毕竟自己不是一线演员,应该多为大家服务。虽然国家给剧团拨了款,但远远不够,所以演出的收入,非常重要。明星演员更重要,因为买票来的,大部分就是冲着明星。明星偶尔耍次大牌,也情有可原,连团长、副团长、导演,也得让着他们三分。

查跛子正视自己,所以也没有啥心理不平衡。尽管他拿的奖金最低,尽管他干活的时间最长,比如一场演出完了,别人在吃饭、抽烟、喝酒,他还在把道具打包装箱、装车。人们对他,熟视无

睹,觉得整个剧团,有他无他,关系不大。查跛子就像道具一样,如果不用,谁也没感觉到它存在。

这天是"三下乡"活动,上级安排的政治任务,既然国家拨了钱,就得为人民演出。因此每年"三下乡",得完成多少场次,是上级考核剧团的硬指标。

演出在乡场进行,一切顺利,查跛子在一旁,抽他的烟,他不需要看,就知道在演啥。顶缸、叠罗汉、蹬碗、吊绸绳等等,看了不下百次呢。

可是,今天出事了,原因是叠罗汉时,做支撑的人闹肚子,承受不起,结果上面的人栽了下来。虽然没有受伤,但绝对属于"失败",按规矩,每个节目必须演成功了,才能演下一个节目,可是团里一时难找到顶替的人。

听到哄闹声,查跛子才睁开眼睛,发现出了事故。这时他见领导铁青着脸走过来,虽然是在农村演出,也不能演砸了呀。

没有人出声,演员们全愣住了。

就在这时,跛子对团长说:团长,让我试试。

你行吗?上面三个人,近四百斤呢。

查跛子说:团长,我行的,你别看我的腿受过伤,可植了钢筋。我练过,有力气哟!

团长还想说啥,可没有时间了,一同下来的,有宣传部和文化局领导,有记者。行不行,都只好让查跛子上。俗话说救场如救火呵。

想不到,这查跛子,力大无穷呢,蹲在下面,纹丝不动,铁铸的一般。

演出顺利完成。

跛子大汗淋漓离场,眼尖的观众发现有一瘸一拐的人,掌声更烈。耍杂技的,演员里居然有跛子,能不奇怪吗?

团长搀扶着他,很心疼的:跛子,你真练过?

团长,我哪练过呵。

那你哪来那么大的力气?

哎,团长,其实你不是看我天天搬道具箱吗?一两百斤的,多呢。这不就练出来了。

查跛子说得轻言细语,绝无卖弄。

团长和他人,默然无语。因为,跛子在平时,被忽视了。当然,谁也不知道,那天查跛子受了内伤,喝了半个月中药。只是他心里乐,一辈子从来没有上过台的他,居然当了回演员。他要来记者拍的相片,放大,挂在室内,每天看得乐开怀。

从此,查跛子在杂技团,一个勤杂工,竟然有明星般的地位。大家也不叫他跛子了,而称他"查大",虽然不经常出场,但偶尔客串,就会有热烈的掌声。

查大,就是查大力的意思。大也是尊称,老大。

后来连领导都这么喊了,查跛子,成了历史名词,人们渐渐不知道谁是查跛子。

幸福房二号

工地三百多号人，除了自租房的，都住集体宿舍，即使是夫妻，也只能各睡各的。

大通铺，一溜几十号人，这是没有办法的事。工程是修建一段河堤，既要机器，又要人工。农民工们有男的一个人来的，也有两口子同来的，但没有单身女的来。男人和女人的比例，十比一。于是黄色笑话和段子，总在工地上随风飘荡。不听都不行，强灌进耳朵。

刚开始，小茵不习惯。她才结婚半个月，就随老公上了工地。

种地？那只有穷死。小茵内心渴盼买房。城里的房不敢想，太贵。镇上的房就行了，现在价格在两千左右，一套二十万，不按揭，现款交易。加上装修，要二十五万块钱。

结婚收了一万多礼钱，老公以前打工结余了四万多块。还差二十万，如果运气好，一年能存五到六万。

运气好是指有活干，夫妻一天下来有近三百块钱收入。刨去吃穿，尽剩不少。

还要身体好，不能生病，现在的医院就是吸钱的机器。

双方的父母都才四十多岁，不生病的话种的庄稼能养活他们。

买了房再生孩子，不然，村里既无托儿所，也无幼儿园，读个小学要走三里多路,读中学肯定得住校。

工地就是工地,荷尔蒙过剩,每句话都含有隐喻。全是性的隐喻。

男人们说,一天不说啥,太阳不落西。

太阳真的落了西,更难受,都是些青壮年呢,却没有地方发泄。于是打牌,喝酒,极个别还悄悄上城里进发廊、洗脚城等地方发泄。

老板也不是不想解决问题,可是他有时还真无能为力。他租了两间民房,给没有租房住的夫妻双方住。可是,有三十多对呢,两间房如何用?只好用最传统的办法——抓阄。

房子标了号:幸福一号,幸福二号,谁抓着了谁用。

如果农民工中,有老婆来工地探亲的,也参加抓阄。当然他们乐意,如果到城里开房,得几十块或上百元呢。这钱,可是他们的血汗,舍不得哟。

小茵和大强,运气真霉,连续两周,都没有抓到过。照说,如果按人数,一个月,他们也有两次机会。

这天,大强终于来了运气,抓到了幸福房二号。

这抓阄的事,女人不好出面,脸皮薄呵。主持抓阄的,是库管老袁,他是老板的表叔,所以才谋了个好差事——风不吹雨不淋太阳不晒,一天也有百把块钱。所以,好多杂事,也包在他身上。

老袁说:强子,省着点哈,别让你老婆明天下不了床!

强子不说话,心里直乐。

待一切准备停当,却不行了,茵子不早不迟,晚上来了例假,扫兴呵。可是,这幸福房二号,来之不易哟。强子想换酒喝,只要他让给谁,请强子喝顿酒肯定乐意。可是茵子不干,她说:抱着睡

一晚，说一宿的悄悄话也好。

强子只好听茵子的。

茵子是高中生，他是初中生。茵子漂亮，要腰有腰，要胸有胸，自己呢？脸黑黑的，除了有力气，绝对算不上英俊。当初媒人介绍时，第一次见面，他很没有信心。可是，茵子就看上了他，说他傻大个，不花心。

自己也确实不花心，工地去发廊、洗脚城的男人，多了，劝过他去的，不下十个人。可是，他绝不动心。那时他没有对象，更没有结婚，但他知道：那地方脏。有个叫西瓜皮的男人，喜欢这个，结果得了病，说是疱疹，医不好，最后老婆和他离了。

那晚两个人穿着睡，但搂着。

茵子说：我们，只要努力，后年就能买房了。

强子：嗯。

茵子：在镇上，我摆个小摊，带孩子。

强子：最好是龙凤胎，有儿有女。

茵子：那要看你的本事了。

强子瞌睡来了，嘟哝道：行，一定行。

茵子：你打半年工，累得很，每年得买养老保险，老了才有指望。

强子有了鼾声，匀匀的，如老家河沟里的流水。

茵子侧过头来，在强子的脸上吻了一下，合上眼皮，可是睡不着。以前家里有书，睡不着时看书，看着看着就睡着了，催眠呢。来打工时，背包塞满了，挤不下书，真后悔呢。

她靠在强子的臂弯里，迷迷糊糊的，什么时候睡着的也不知道。

下一次,强子抓到了幸福房一号,却花了一包龙凤呈祥,和抓着幸福房二号的人硬要调。茵子晚上问他:为啥要调呢?

强子说:因为我有了幸福房一号。

茵子愣愣的,怔着。

强子说:茵子,你就是我的幸福房一号呵。

茵子扑在强子怀里,哭得一塌糊涂。那晚,他们说了好多好多话,待要办"正事"时,天都快亮呵。

幸福房二号,成了强子的昵称,茵子天天这样叫他,叫得他每个细胞都陶醉。

一捆绳子

在大巴山区,有一种板角山羊,长着一对弯弯的角。它的生长比绵羊慢。

有一天,从远地来了一名客商,他在大都市开了家涮羊肉店,以往用的羊是从西北运来的绵羊,大家吃腻了,觉得这绵羊的肉太肥。当他听说大巴山区有一种板角山羊,肉瘦,于是就来了。他试着买了一只,在放羊人家里杀了炖来吃,感到确实不错,肉质脆香,如果做涮羊肉,一定会受欢迎。

商人很精明,当断则断,于是决定拖一车回去。一车羊大约有三十头。他只需要给一户人家订购就行了。

养羊的是个老实巴交的山里人,四十多岁。他对商人说:这

板角山羊喜欢顶架,如果几十头羊子放在一个车上,运到城里,一定会有羊受伤,甚至死掉。那样,羊皮会卖不出好价,羊肉也会受影响,死羊肉不好吃。

商人就说:"那怎么办呢?"

养羊人说:"用绳子把羊角缠上就行。"

于是养羊人就从他家的水井里捞出一大圈绳子,其实就是野生的藤子。养羊人把一只只羊角缠起来,这样用了半天时间,商人不得不又在养羊人家住了一宿。

第二天,养羊人帮商人把羊赶下山,到了公路上,拦了辆货车,把羊们装上去。商人十分感谢,这养羊人真的诚实憨厚。再加上商人看到这家人还贫穷,于是主动说:羊的钱我已经给了你,现在这是绳子的钱,我给你一百元,你看行吗?

想不到的是,养羊人坚决不收这一百元,但是再三吩咐,如果再到这儿来收养羊,一定要把这些起绳子给捎回来!商人表示,一定会来的。

养羊人不收钱,是因为他说:这些藤子是野生的,功夫是自己的,出卖羊也有义务给人家把事情搞好。

商人回到城里却不幸得很,羊肉倒是大受欢迎,但他却得了病,无力再次到大巴山购买新羊,不得不继续使用批发来的绵羊作涮羊肉。当然,吃过板角山羊肉的人,再吃这绵羊肉,就感到不爽,他家的生意也就一天不如一天。

过了两个月,刚出院的商人在街上碰上了一个人,穿得破烂不堪,如同叫花子一般,其身形脸形,很像那个卖羊给自己的人。会是他吗?大巴山离这座市有一千多公里呵。

商人还是主动上前,还没轮到他开口,这个人就一把抓住他,大叫道：老板，我可找到你了！

这一声叫引来了很多路人的目光。

商人这时已确认这人就是卖给他板角山羊的山里人，连忙把他拉在一边，然后打车回家。他先让养羊人洗漱，给他换上干净的衣裳，再给他安排在一个雅间，上几味小菜，倒上两盅酒。"吃吧，兄弟，有什么话吃了再说！"

养羊人实在是太饿了，而且他从来没有吃过这么精美的食物，于是狼吞虎咽起来。商人一再劝他慢点，别慌，有的是时间。

吃了十来分钟，养羊人感到了肚子里有东西，然后才喝了一杯酒说道："老板呵，你可是说好的要回来，把我的绳子给我捎回来！"

"什么绳子？"商人睁大眼睛问。

"就是那个给你捆羊的绳子呵！"养羊人对商人遗忘了绳子这事有点生气。

商人则哭笑不得，他早把那些绳子当垃圾甩了。

"那些绳子对你重要吗？"商人不解地问。

养羊人放下酒杯，然后很沉重地说："老板呵，你是不知道这些绳子的来历，所以你不知道它的重要。当初，我和老婆约定，我负责放羊，妻子负责扯这种野藤。这藤子生在悬崖绝壁，但特别的柔韧，不容易断。有一次，她扯藤子时摔了，在床上躺了两个月……"

养羊人说到这里，眼里全是泪水。

商人再也不能麻木不仁了，他讲了他生了一场病，今天才出院，不是故意的。

山里人性格特耿直，养羊人再没有责怪商人了。

从此他们结成了一对好朋友,好兄弟。

养羊人不再放羊,而是负责给商人买和运这种板角山羊。

商人则给他很不错的回报。

村里和乡里则认为养羊人给山里的产品找到了销路,是个致富的好带头人,第二年还选他当村主任。

一捆绳子,改变了一个人的命运,改变了一家人的命运,甚至改变了一村人的命运。

谁 的 种

"村主任家的母狗下仔儿了,六只呢。"

说这话的是大弯,他是村主任的侄儿,当着村里的治保主任,好歹也是我们黑水凼村的一个人物。他正在给坐在树荫下下虫虫棋的光头几个神侃。

"六只呢,有一条还是花鼻子,乖得不得了。"

爱抬杠的光头偏不信:"有你乖么?"

大弯说:"比人乖呢,不信你去看嘛。"

说完摆着肥硕的屁股摇摇晃晃地走了。

光头他们来到村主任家,村主任正在发火,骂得他的老婆玉秋脑壳差点夯到裤裆里,"我喊你拴好拴好,你个死女人,硬是不听,这好,下些野种,麻子的、驼背的、瘸腿的,这哪像我村主任家的狗!"

光头也是村主任的侄儿,只是出了五服,平时来往少。他上前劝村主任,村主任的气也消不了,点起根烟呼呼啦啦地抽。

这时候大弯又来了,不是他一个人,屁股后面跟着一大群人,每人都拉着条狗。

村主任:"你发什么癫?"

大弯嬉皮笑脸:"二叔,全村的狗都在这儿,看是哪家的狗强奸了你家的狗,要他赔,妇女家刮宫引产,还要杀只老母鸡煨汤,吃点红糖,你家的狗产了六个小狗,不吃点营养营养咋行?"

那些狗的主人们呆呆地站在村主任家的地坝,一声也不敢哼。那些平时汪汪狂叫的狗,也乖乖地咬紧自己的舌头。

村主任一只只地看,但反复三遍,还是找不出他家狗下的小狗是谁家狗的种。

村主任气得直哼,大弯上前吼道:"你们这些个死木头桩桩,不晓得自己承认么?"他凶狠地盯着这群牵狗的人,有的人就赶紧奄下眼皮,心里发虚呵。母狗发情的时候,在野外,在旮旮旯旯,鬼晓得和谁家的狗有那档子风流,谁也不敢保证自己家的狗没有作风问题,万一是自己家的,恐怕轻易脱不了关系。这事,就是包公再世,他老人家也不见得判得清。

村主任发话了:"我也不问你们哪家没有管好自己的狗,你们这些喂狗的人家,一家出五十块钱,给我家的母狗补充营养,这事就算沙上写字,抹了算了。"

村主任的话比圣旨还灵,中午,这些人家陆陆续续地送来了钱。

村主任和老婆玉秋在家嘻嘻哈哈地笑,还有大弯,忙着给村主任倒酒呢。

一头牛

　　岳步云活了六十二岁,家里来的最大的官就是村主任,这回村主任说这是县长,吓得他差点尿裤子。不为别的,就为他岳步云是我们黑水凼的老落后。全村都脱贫了,只有他家还没有脱贫,害得村主任年年受批,乡长年年挨骂。这些事小,最关键的是乡长升不了官,常把村主任的祖宗八代拿出来骂。

　　县长真是个好县长,朴实得就像地里的玉米。他看了粮仓,看了猪圈,特别是看到有一头肥硕的牛,嘴里赞不绝口:"不错嘛,这牛不就值一千多吗?还有五头猪,这一加起来不就脱贫了么?"

　　随行的记者忙着记录。

　　乡长、村主任的脸上露出了微笑。

　　第二天,村主任正儿八经地把红红的"脱贫户"铁牌子牢牢地钉在岳步云的门楣上。

　　"老岳呵,你家脱贫了,这牛也该还给人家了吧?"村主任心情很放松。

　　"村主任,啥子牛?我家可没有租人家的牛呵。"岳步云摇着耳朵说。

　　"就是昨天县长看过的那头黄牯牛。"

　　"嘿嘿,村主任,你真会说笑话,那头牛是我喂了几年的了,怎么会是别人的?"

这下轮到村主任鼓眼睛了。为了让县长参观,更为了脱贫致富的牌子,县长还没有来前,村主任找到在邻村的表弟,那是个养牛专业户,让他借头牛来装门面,事后还他,顺带给他点补助。表弟当然同意。

"岳步云,你可不能要横呵,这牛明明是为了应付县长的检查借来的,怎么会成了你的?"

"村主任呵,这牛在我家的牛圈不是我家的还是你家的?"

双方说红了眼,撕破了脸。村主任气得吐血,想不到这老实巴交的岳步云,要昧良心,吞了这头牛。村主任想:你也太胆大了,你也不想想我是谁?

岳步云真是十头牯牛也拉不回头,坚决不承认这牛是别人的。

表弟来要牛了。在农村,这牛宝贝着呢。一头成年牯牛,值一千多哟。

村主任拿不出牛,心里操了岳步云三百遍先人,还是骂不回牛,只好给表弟说好话,反正这牛跑不了,实在不行,我这当表哥的村主任赔。表弟这才无话可说,悻悻而走。

村主任不敢拉圈里的牛,可有办法让乡派出所出动。

派出所所长听清楚了,按说该帮忙,可最近上头有规定,凡是不属于公安的任务,尤其是敏感的任务,一般不介入。要介入不仅当地一把手表态,还得请示上级。派出所也在为他们的社会声誉考虑了。

村主任心里很冒火,但不敢当面冒出来,人家派出所不是你的护院家丁,你发火也是白发。村主任心痛的是派出所下来吃的

鸡鸭鱼肉,请他们办点事却推三推四的。心里有气的村主任路过红红酒楼,抬腿就跨了进去。因为这酒楼不是别人的,是他的相好红红开的。红红嫁到这儿不到半年,男人开手扶拖拉机栽进沟里,一命呜呼。是村主任帮他收拾男人的后事,又从村提留中拿钱垫了她开酒楼的本钱,红红暗地里成了村主任的相好。除了村主任的女人,这事全村人都知道。

红红给村主任炒了他爱吃的椿芽鸡蛋,炖上香菌排骨,再开一瓶本地的崇阳大曲,生意也不做了,二人对酌起来。

村主任说出他的痛苦。

红红嘻嘻笑起来,一只手给村主任喂酒,一只手掐他的耳朵:"真是笨,不就是一头牛么?"

"你个蠢婆娘,也敢侃大话?那是一头牛,不是一只鸡,一只兔!"

"一头牛就把你难倒了?"

"你有啥子办法?"

红红说出了她的妙计,村主任也不得不佩服。

村主任第二天早早地起来,来到岳步云家中。岳步云早起床了,乡下人勤快,早上得上坡干一阵农活。村主任自顾自地在地坝坐好,等岳步云回来。

岳步云回来后看到村主任坐在他家,心里不爽,但没发作。

"村主任,你有啥子事哟?"

"还不是那头牛!"

岳步云早料着了,很坦然:"你去牛圈牵嘛!"

村主任真的去牛圈,可哪里有?只有几泡牛屎还热乎乎地冒气。

村主任的如意算盘落空了。原来,红红给他出的主意很简单——晚上找人把牛偷回来,不就得了?本来就不是他的牛,他岳步云也不敢报案。

第二天村主任正在纳闷,毕竟心里有事,老是放心不下那头牛,不料乡秘书风风火火地闯进来。

"你个砍脑壳的快去乡里,乡长叫你去,出了大事!"

"出了大事?"村主任心心里迷糊了。

骑着自行车到了乡里,乡长一脸的怒火。

原来县里打电话来说,我们黑水凼村的岳步云牵着头牛到了县里上访。牛背上写着:村主任借来一头牛,我们全家熬出头,脱贫就是块铁牌牌,不信大家问这头牛!

县城轰动了,电视台的、报纸的、杂志的、广播的,嚷个不停。

岳步云回来了,不过不是一个人,当然还有那头牛。

跟着岳步云回来的小车上,坐着调研组。乡长陪着,村主任没资格陪,只有端茶递水的份。那个戴着眼镜、白脸白皮的什么科长,亲自把"脱贫户"的铁牌牌摘下来,然后对岳步云说:"大叔,你说了真话,这牛归你,钱由县里出。"

岳步云说:"我不要牛,我只想要上面晓得真相!"

乡长、村主任全垂着脑壳。

村主任还是不明白:那天,这岳步云为啥不当着县长的面揭穿他呢?不过他已不用为这个操心了,因为他的村主任当不成了,连累得乡长也当不成了。

村主任的表弟还是得到了那头牛,那是县里赔的牛钱。

后来,岳步云成了养牛专业户,很快就脱贫了,起因就是那头借来的牛。

狗狗的选举

富康源小区是个美丽的小区，花繁叶茂，号称"官员小区"，因为居住在里面的几乎全是公务员，而且是有级别的公务员，最低的也是副科级。

小区里有很多狗，不是狼狗，不是猎狗，全是宠物狗，都是有身份的，价格不菲。狗们常在一起，也就突发奇想——小区有物业委员会，还有家属支部，还有体育协会等等，我们这些狗也该有个组织呵。一头叫扁扁的狮子狗说出了它的想法，得到了大家的认同，对呵，应该有组织有领导，也好维护狗们的利益哟。

经过充分讨论，决定建立"富康源小区"狗协会，这是个狗的自治组织，设立会长，副会长，秘书长等等职务，并按单元建立小组，设组长副组长，是基层组织。协会五年一届，可连选连任，但任期不得超过两届，两届任满的会长，副会长可转为调研员，助理调研员，享受正处级和副处级待遇。

第一次选举大会在一个阳光明媚的春天的上午进行，地点是小区的一片草坪上。

狗们正襟危坐，一个个人模狗样，不仅洗了澡，梳了毛，有的还上了润毛霜，洒了香水，有的还披上马甲，打扮得漂亮英俊。

但是第一项议程就搁浅了，这会议该谁来主持？

那头叫扁扁倡导者，理应由他主持。可是他才讲了第一句话:尊敬的富康源小区的同行们——话还没有落音,就被打断了。

打断他话的是一条叫牯牯的苏格兰牧羊犬,他说:扁扁,你算那(哪)根葱呵,这会你来主持?凭重量,你不过七八斤,凭身份你不过是条科长家的狗,凭文化你没有进过狗校,连小学毕业证也没有,你滚一边去吧。

扁扁不得不停住讲话,在一边待着。

其他狗也就有意见了,叫着:那谁来主持会呵,不可能群狗狂吠吧?那不乱了套!

牯牯说:我们的主人谁的官大,谁就来主持。

虽然这也没有什么道理,可是也不失为一条办法,而且能让大家心平气和地接受的办法。小区中有书记一名,正处;主任一名,正处。他们俩的官是一样大的,他们家的两条狗就走出狗群,都去抢话筒。矛盾又出来了。

书记家的狗叫多多,是条藏獒,高大威猛,主任家的狗叫僮僮,是条英国漂洋进来的鬈毛狗,于是两条狗厮打在一起,多多当然力大凶狠,僮僮不是对手。

多多抢到话筒,第一句话就让大家服了:这主任还用选吗?当然是我了,第一,我家主人的官最大,虽然僮僮的主人也是正处级,可是我家主人是班子里的班长,一把手;二是你们谁打得过我,胜者王败者寇;三是作为主任,你们家有我们家钱多,权大?你们有能力保护众狗?

虽然多多的话蛮横,但确实是实情,就连僮僮,虽然有洋博士头衔,在权力面前也只有认了。这是官本位的地方,文凭算什么?一切向权看。

结果当然是多多任主任,僮僮任副主任,扁扁任秘书长。然

后每个单元中,主人家职务最高者任组长,次之任副组长,一切都按主人的官大官小落实,一场选举会顺利结束。

半年后,还没有到一届任期,狗们又坐在一起进行选举,为什么?原来,多多家的主人出事了,他是个大贪官,居然趁出国考察的机会带走了全家还滞留不归,组织上劝说也不回来,一查,这家伙卖官受贿,搞了三千多万元呢。事情一发生后,不仅人们愤愤不平,连狗们也十分气愤,一致要求罢免多多的职务。

其实这时的多多也在挣扎,因为主人一家出国时,根本就没有给他安排生活和人来管理,早没有吃的了,他现在是在小区的垃圾里觅食,身上又脏又臭,人见人厌,狗见狗恨。他本想写个辞职书的,因为没有文化,写不来。去求僮僮,人家躲得远远的。

僮僮继任主任,终于成了小区狗界的一把手,多多不久被人枪杀,是来抄他主人家的警察干的。狗们的心也有些寒,暗暗祈祷——主人呵,别太贪了,否则我们也可能朝不保夕呵。但狗能决定他们主人的命运吗?

选举会五年一届,照常举行。

克拉克山羊

岩宝寨是个自然村,离六合行政村村部极远,有差不多半天的路;离黄安坝草场极近,也是半天的路,翻过大梁就是陕西了。

退耕还林后,那儿只剩一家人了,只有一户叫李国全的,死活不迁。

不迁也没有法,于是这个自然村就他一户,就他一人,他是个四十多的老光棍。不是他不想娶妻生子,而是没有人愿意嫁给他。以前有个陕西过来的疯女人和他一起几个月,后来跑得没有踪影。

李国全还是很自豪,因为大家都走了,他一个人,就是村主任了。他也不种什么地,朝地里扔一把籽,能收多少是多少。他没有心思种粮,因为他还有十几只羊。

羊是板角山羊,是大巴山的土种,长得极慢。按说,一个大男人,怎么说也不会成为贫困户。但是李国全穷,因为他一天的事就是吃了睡,睡了吃。他喂的羊也不见出售过,全都成了他的下酒菜。他下一次六合村部小商店,就是去那儿买一桶酒,钱也是赊着。年终了上级一般会来慰问一次,发点现钱让这些穷人家过年。这钱就成了酒钱。

这年,上级不发钱了,因为经过近五年的扶贫,剩下没有脱贫的极少,还总结出发现钱不是个办法,不能从根本上解决问题。要治根,最好的办法是给每个扶贫对象找个挣钱的项目,从此走上致富的道路,这叫开发性扶贫。

上级根据李国全的情况,最适合的是养克拉克山羊。

克拉克山羊是从澳大利亚引进的良种,它的价值绝不是板角山羊能比的。据来扶贫的县扶贫办眼镜小刘讲,这羊的肉有防癌作用,肉质肥而不腻,毛密而皮有韧性。在市场上每斤克拉克山羊的售价是板角山羊的五倍。

现在从澳大利亚引进一头母羊,一头公羊,价值在一千元左右。当然这是六斤重的幼羊。一旦长大,一只值两千元左右。因

为是引进的品种，很珍贵的。现在给李国全一头克拉克公羊，一头母羊，如果他喂到两羊成年了，能交配了，下了羊崽，再出售，李国全就能脱贫了。

小刘还说，这羊都是打了预防针的，只需要在饲养上认真一点就行。

小刘的话说得在场人无不激动。那些没有得到这种羊的，都眼热得不得了。他们对李国全说：第一次下仔，得给谁谁留着，要不先给钱也行。在这偏远的大巴山区，找个致富的项目不容易呵，交通闭塞，商品化程度低。李国全真是懒人有懒福呵。

李国全只是呵呵地笑道："谁叫你们有老婆呢？要不你把你老婆给我，我把克拉克山羊给你！"

听的人于是笑骂："你个龟儿子想得美，要老婆，你找只母羊交配！"

岩宝寨其实是好地方，那儿草多，树多，水多。就是山大，坡陡，行路难。但是再难还是要去的，眼镜小刘是第二年的夏天来的，计算李国全的克拉克山羊起码有一岁半了。他不是万元户，也应是脱贫户。因此，他约上乡里的驻村干部，带上干粮，一起到岩宝寨去看看县上的定点扶贫户李国全。

一路的好风景哟，正是八月，草青，树青，果挂枝头，野花飘香。有野蜂飞过，有山雀飞过。它们似乎不避人，该叫的叫，该唱的唱。眼镜小刘心情很好，用相机拍个不停。这么美的风景，为什么还穷呢？山清水秀人勤，怎么做也能过上好日子呵。

终于到了李国全家，他还在睡觉呢。

从睡梦中醒来，李国全道："这天，咋就中午了呢？"

见有眼镜小刘在一起，心里一下紧张起来。乡干部和小刘都感觉到了李国全的脸色变化。于是小刘道:"你的克拉克山羊呢?"

李国全啜嚅半天才道:"死了。"

"死了?怎么死的?"小刘不相信,因为这种羊很容易养活。而且这些进口羊,都是打了各种预防针的,不容易得病。

还是乡干部有经验,开口就骂:"你个李国全,是不是你把羊吃了?"

李国全的脑壳简单,这一诈就承认了:"都怪你们呵,你们说那羊这样好,那样好,反正长大了给别人也是吃,我就吃不得么?还别说,那羊肉真的比板角山羊肉好吃!"

小刘和乡干部哭笑不得。

李国全仍旧在岩宝寨生活,放他的羊。直到有一天,澳大利亚派人跟踪调查克拉克山羊在中国的饲养情况,乡上才又想起还有这么一个人来。于是派人去找他,李国全以为是来抓他,就跑到山梁那边去了。

从此,这个乡消灭了最后一个贫困户。在统计上报脱贫原因时,上面写的是:引进澳大利亚克拉克山羊。

据说,在陕南,李国全给人家放羊,供吃管住。

咩咩咩

楚乡长落不下最后一口气，人们急呵。因为他多活一天，就多受一天罪。还有亲人们也跟着受罪。

书记急，这楚乡长一病多年，工作担子全压在他一个人肩上，他抱怨，常常几周了不能回城和老婆团聚，大家都叫他"中华憋（鳖）精"，好补品呢，真是有苦无处说。

副乡长老李有气，这些年，这半死不活的楚乡长，让他干乡长的活，却只是副乡长的职务。谁不愿上个台阶呢？正科和副科，就是两回事。正职和副职，有天壤之别。

文书小羊也有气，以前她和楚乡长，那点破事儿谁不知道？要不是楚乡长病了，她就会当上乡妇联主任，不干这文书工作，这工作累死不讨好。

楚乡长的老婆有气，这些年，她就是守活寡，三十五六，哪怕欲火如焚，也得忍着。

村干部有气，要不是这个楚乡长瞎球搞，早富了呵。

楚乡长是从城里调来的，读过农校，没有当乡长前，是县农业局的业务股长，然后任副乡长，再当选为乡长。

楚乡长当乡长那年三十五岁，风华正茂。他先是叫全乡种桑树，他说，这丝绸呵，只有越来越贵的，化纤的东西，终究会被更高级的消费品代替，那就是回归到人工的、朴素的、原始的东西上来。现在城里不是喜欢农家乐么？就是这个道理呵。

可是，化工产品打败了丝绸，城里的几家丝绸公司相继倒闭，当然乡下的蚕茧就没人收购，农民们是务实的，只好把桑树砍了当柴烧。嘴里不说什么，心里把个楚乡长的先人都骂了不知多少遍。

第二年，上级安排养蚯蚓，是从墨西哥引进的洋种，说是高蛋白。资金由国家拨款。

本来么，这是好事，可是由于有了种桑树的教训，农民怕，说不定又是被折腾。种菜、种粮、喂鸡、喂猪、喂牛、喂羊，都稳当，哪个见过喂蚯蚓的哟。

但是，因为有国家扶持，你不用这个资金，白不用。

于是，家家养蚯蚓。由于农村穷怕了，就用了喂鸡的饲料，这里面有激素，结果，人家国际上不要这种含有激素的蚯蚓。人家要天然的，吃土长大的蚯蚓。

吃也吃不得，用也用不得，一条条洋蚯蚓，看着都烦。

最后，一家家只好把这些蚯蚓毒死，沤肥。

楚乡长再次受到打击，恰巧，胆囊炎发了，就住进了医院。他做了手术，还没有痊愈，就急着出院，因为上级布置了新的脱贫任务，而且还有项目资金随同一起下来。这次是养绵羊，要知道，绵羊在南方不多，南方是山羊的产区。

这次，要说服农民更难了。因为，绵羊和山羊，虽然同为羊，但生长的环境是不一样的。农民们经不住折腾呵，这些年，大家不但没有脱贫，有些脱了贫的又复贫了。

楚乡长是好乡长，带着乡里的人，一家家地说服，一家家地做思想工作。累还是其次的，关键是受白眼，受讥讽，加上他的病本

来没有好,后来,再查,又查出患了肺癌,人一下就垮了,不得不躺在医院的病床上。

楚乡长落不下最后一口气,还是乡里文书小羊理解他,她把人们悄悄拉出病房,然后对他们说:你们学绵羊叫,楚乡长听了一定舒坦,就会放心地离去。

开始大家有些不相信。

后来见小羊一再坚持,就姑且试一下吧。

"咩咩咩——咩咩咩——"

果然,楚乡长在一串串的咩咩咩中,合上了双眼皮。

父亲放羊

父亲对我说:老幺,我想放羊!

我一下瞪大了眼睛,因为我居住在一座100万人口的城市,离最近的山有10多里,怎么放羊?

我说:老爸呵,这儿没有山,没有草,你怎么放羊呢?

父亲苍老的脸上有了兴奋:谁说没有草?我在城里发现了好多草呢,又嫩,又多,用手一掐,全是水,比老家的茅草好多了。

我哭笑不得,只好拿凳子坐下,给父亲讲半天,那草是人工种的,是为了绿化城市,本钱老高呢。

父亲瞪大眼睛,听了后长叹一口气说,可惜了呵,那些草可以放好多羊呢。

母亲过世后,父亲本想一个人在乡下生活,可是两个姐姐坚决反对。一是按我们乡下的风俗,儿子是要承担赡养父母的责任。二是怕父亲一个人孤独。三是吃喝上医院,不方便。于是在两个姐姐的强烈"请求"下,父亲不得不来到城里,和我生活在一起。

因为父亲不情愿来,不是其他原因,是放心不下他的羊。

父亲养了五头羊,一头公羊,四头母羊,他的计算简单——过年时杀了,给两个姐一家一头,给我一头,然后自己吃一头,卖一头的钱来零花。其实父亲并不差钱用,我是每月领了工资就把给父亲的钱打过去的,两个姐姐把粮油和穿的,全给父亲准备好。

所以父亲放羊,主要是一个习惯:在农村,只要有三寸气在,就得干活,直到动弹不了。

我只想到这点,所以父亲进城后,要放羊,让我为难了。

父亲没有放上羊,十分的不自在,吃不香,睡不好。

我和妻子着急呵,父亲这样,身体肯定拖不起的,于是动员父亲去社区文化站娱乐。那儿有唱歌的,父亲说不会。

那儿有跳舞的,父亲说不会。

那儿有拉琴的,父亲说不会。

那儿有打牌的,父亲说他是农民,从来不赌的。我说这钱我出呵,父亲仍然不去。他说,你的钱就不是钱?赌钱汉,短命鬼,十个里九个老了受大罪。

父亲看电视,可让他喜欢的节目太少。

我再次问父亲喜欢什么?

他说,放羊!养羊!喂羊!

但可能吗?我们住的小区,是所谓的"花园式小区",别说养

羊,连鸡都不准养。最多养宠物狗,还得办证。

父亲的憔悴让我寝食难安,不得已,我又把父亲送回乡下。留足了钱,给村卫生站的医生打了招呼,给父亲还配了小灵通,怕高龄的父亲有个三长两短。并和两个姐姐约定,让她们每周去看望父亲一次。父亲急急忙忙地从三叔家领回寄养在那儿的羊。

父亲从来没有给我打过电话。

我打过去,问,父亲在干啥?

父亲说,放羊!

父亲除了放羊,还是放羊。听着他高兴的声音,就知道父亲一定身体不错,能吃能睡,我也放心不少。

我仍然牵挂父亲,他毕竟70多岁了。

有一次,单位派我去学习,离家很近,我没有告诉父亲,想给他一个惊喜。我先到两个姐姐家,约好一起去看父亲,晚上也一起吃饭。姐家离老家只有十里路。车子就十来分钟。到了老家,门是铁将军把关,一问邻居,知道父亲在滴水岩放羊。

我和姐来到滴水岩,走上山坡,果然见几头羊。

父亲坐在羊身边,和羊说话呢。

这五头羊,它们都有名字,听,父亲在叫他们呢:"华华,你从小喜欢挑嘴,不好生吃,长得瘦!"

华华是我大姐的名字。

"平平,你喜欢蓐草,见啥都吃,有些草不长肉的!"

平平是我幺姐的名字。她从小好劳动,比我和大姐勤快,出门总要搂一背猪草或牛草回来。除了读书不行,啥都行。

"玉芳呵,你总让,啥也没有吃到!"

玉芳是我妈的名字,那时家里穷,妈总是让我们先吃,她最后一个人吃,好多时候就剩点锅巴了。

听到这儿,我们姐弟仨全哭了。大喊一声:"爸!"就冲了过去,扑进爸的怀抱。

爸老了,脸上全是鸡皮似的皱纹,头发斑白,人瘦得像根枯柴,但精神很好。

原来爸养的五头羊,起的名字,就妈和我们仨姐弟,还有他自己。他天天和羊说话呢,其实他的内心就是和我们一起说话。

从此我们常回家看父亲,看他放羊,听他和羊对话。

父亲的晚年,因为放羊,活得快乐。84岁那年,父亲无疾而终。

花　子

牛是有爱情的,比如花子和斑黑。

斑黑是头公牛,我们黑水凼不把公牛叫公牛,叫"牯牛",有句歇后语,逼牯牛下儿,就是这么来的。

斑黑脑门上有三个小黑点,呈三角形,于是大家就叫它三斑黑,久而久之,叫成了斑黑。

斑黑是生产队的当家牛。所谓当家牛,就是打主力使的,相当于部队的主力,这可是光荣的事呵。可是,斑黑好色,特别在发情的季节,为了争夺母牛,多次和别的牯牛打架,甚至把一头牯牛顶下了深沟,摔断了腿。

这可是大事了,那年代牛是集体财产,损失不起的。于是,生产队给斑黑处分,就是饿它两天,毕竟它是牲畜,不是人,没有意识形态,不能认定它是在搞"破坏活动",但放出来后的斑黑,仍然好色,积习难改。只要不出大事,人们也就睁只眼闭只眼,让它去吧。

如果没有花子的出现,斑黑的故事也就没有啥传奇。

那年生产队新买了一头小沙牛,也就是母牛,沙牛是我们黑水凼的称法。这头小沙牛真年轻,一身的皮毛幽黄,就像绸缎一样,没有斑块,没有疤痕。但它的骨骼相对较小,这种牛只能耙田,不能耕田,它的力气小。大家叫它花子,我们本地的女子,也是这么叫的,什么草呵,叶呵,花呵。把牛叫花子,很亲切呢。

一个队除了牿牛,还得有沙牛,就像人群一样,有男人,还得有女人,不然就会性别失调。

斑黑和花子,本来没有故事的,都怪生产队的饲养员老扁。

老扁其实不老,才三十来岁,光棍,因为和人打架,嘴上的门牙被打掉了三颗,嘴就瘪起了,被横向拉长,于是人们就叫他老扁,倒把他的本名给忘了。好在乡下人不计较名字,老扁就老扁,既不多坨肉,也不少块骨头。

老扁因为是老光棍,就有些变态,喜欢看牛交配。

这天,新来的花子和斑黑在一起,花子正是发情期,那水门汪汪的,滴着黏液。这斑黑见了,就扑了过去。

可是,花子拒绝了,开始逃跑。

就像少女一样,牛也十分珍惜自己的第一次,虽然没有给它们下生产指标,更没有计划生育的管制,可是,花子仍旧逃跑。斑黑就在后面追。

老扁一点也不急,仿佛看戏,演得越高潮迭起,他才快乐。那个年代,文化贫乏,看牛的追逐,也当文化呵。

花子毕竟年轻,力气小,跑一阵,就慢下来。

斑黑呢?开始是不紧不慢地追,直到花子没有力气了,才追上去,这时它们进入了一片枞林。或许,那就是它们最好的婚房。

花子从此步步紧跟斑黑,如果斑黑想和其他沙牛调情,做爱,那绝对不行,上前用角顶,用脚踢。总之,斑黑从此失去了爱的自由。

可惜的是,这对相爱着的牛,并没有白头偕老。

有一天,斑黑和其他牯牛一起,给生产队拉砖,生产队准备修个库房,叫战备库房,用来库存战备物资。因为听说要打仗,各级都要做好准备。

那天下雨,斑黑的车超重了,下坡时打滑,连车带砖冲下了深沟,当场摔死。赶车的杨单跳得早,只跌断了一条腿。斑黑因公而亡,可是,在那个年代,人们还是分食了它的肉。斑黑,只是记忆中的一条牛了。

而花子在失去斑黑后,拒绝和其他牯牛亲近。

一年,两年,该是花子怀仔的大好时光,生产队打算让花子产仔呵。哪头牯牛来亲近花子,它就顶,就踢,就拼命。

生产队下了死命令,一定要让花子怀上仔。于是老扁把它在牛圈里捆起来,让一头叫烂胯的牯牛强暴了花子。

老扁以为大功告成了,可是,有一天其他牯牛出工,花子散放时,自己跳下深崖,结束了年轻的生命。

花子是"殉情"而亡的,听到它的死讯后,很多人,尤其是女人,都落了泪。

尽管是大饥荒的年代，社员们从崖脚找到花子的尸体，却没有抽筋剥皮分肉剔骨，而是挖个深坑埋了，还垒了座坟堆。

也许，在我们生产队，这是永远不再有的事——把牛当人一样埋葬。

猎手和猴

他是大山里的猎手，日子平和闲适，虽然发不了大财，但也不至于受饿。靠打猎，出卖兽皮，他养活了两个孩子，还养一个年逾古稀的老母亲。

上级来人宣告：除了野兔，其他猎物再不准打了，它们是保护动物。

猎手愣愣的，因为他是靠打猎为生呵，这不是要断他的活路吗？

猎手不得不拿上锄头，在屋背后种起庄稼来，因为从来没有做过农活，种出的庄稼就像是野菜秧子，一亩地收的苞谷还没种子多。

更可恶的是野猪肆无忌惮来啃苞谷，对他这个远近闻名的猎手熟视无睹。吃饱了，成群结队地打着饱嗝离去。他和母亲在大山的脚下相依为命，也许是人算不如天算，母亲突然病倒了。看到母亲逐渐消瘦的面容，他心急如焚。

医生说只有山上老猴的心和血能对他的母亲有效，猎手二话

没说,背着贴身的长枪上了山。

经过两三天寻找,终于让他找到了一只白色的小猴。

母亲,儿子就回来,您等着。

于是,他的眼追逐着小白猴的身影,停在了一棵古树上,让他惊喜的是,小白猴的身边仰坐着一只老母猴。

小猴嬉叫着,拥在母猴的怀里,母猴抚着小猴的头,给小猴喂奶……

晌午的光十分刺眼,猎人抬起了枪,瞄准。

突然,老猴似乎看到了瞄准的枪口,它望着猎人,眼中的警惕便成了一种哀伤,流动着,它直起上身,站了起来,将小猴抚在胸前吮吸的头压向胸中,然后用哀求的眼神望着猎人,眼中流动着一种语言,似在说"请等一会儿,只一会儿,让孩子多吸几口奶水吧。求你了。"

老猴将吸饱乳汁的幼儿,放在树枝上,它很快地找来两张芭蕉叶,弄成碗状,将自己硕大的乳房拼命地压挤着,小心地用叶子接着,又轻轻地把装满乳汁的叶子架在树丫间。

于是,它招了招手,一动不动地坐在那里,呆滞的眼睛凝视着小猴……

猎手看着这一幕,他呆了,眼泪涌上了眼眶,手颤动得似乎抬不起那枪了,母猴的母爱让他想起了母亲。

从未手软的猎手的心颤抖了,他实在不忍。眼泪蒙眬中,他举起了枪……

母亲的病神奇地痊愈了。神枪手果然是神枪手,他将从母猴心中取出的子弹,在手中抚弄。他不但将子弹射进了那颗充满爱的心,也射入了自己的心,像毒刺一样深深扎入……

猎人从此再也不能打猎了,因为他的手永远在颤抖。他的心永远在忏悔。

只要一闭上眼睛,脑里永远是那只小白猴和老母猴,那凄婉的脸,那无奈的泪在闪现。

人类有爱,兽类亦然。

甚至一草一木,无不爱意浓郁。

猎人一生,也没有摆脱噩梦的侵袭,不到五十就抑郁而亡。

博士还乡

博士姓何,叫何国荣。九池乡高坪村四组人。满打满算,从读本科开始,博士已6年没有回家了。现在他已28岁了,终于拿到了博士学位,被中国金阳昆虫研究所聘用,出任副研究员。

到单位报到后,何博士给领导请假,说自己6年没有回过家了,不知爸爸妈妈安好,爷爷奶奶身体康否。他有个超生的妹妹,已出嫁3年了。领导听了,敬佩之情油然而生,批了半个月探亲假。

何博士终于踏上了回乡的路。

家乡渝东丘陵,沟沟坑坑,就像何国荣的心情。树多了,路宽了,但难得听到狗吠鸡鸣。乡村在宁静中,暮气昭然。何国荣有些感叹。为了给家人一个惊喜,他没有打电话说回家的事。到了村口,他停下来,有个小卖部,门前坐着些老人,在打川牌。

小卖部旁边,有个麻将室,哗哗哗的,周围还立着不少人看。只是6年的变化,人们已认不出他了。

何国荣在小路上踽踽而行,两边的苞谷挂着红须。飞翔的蜻蜓,绕着他的头,也像是久违的乡亲。

父母喜出望外,山村轰动了。留守的老人和孩子,纷纷来到何家。特别是小朋友,对博士是啥,感到神秘。有的叫哥,有的呼叔,都想听何国荣讲讲外面的事。何国荣就是长100张嘴,也回答不过来。好在乡亲们也没有深问,那些老爷爷老奶奶说,这孩子,读了20多年书呵,读得有胡子了,戴眼镜了,背也佝偻了。

山村的新闻,就像这热天的风,刮到每个角角落落,刮到每家每户。

村主任何东明来请何国荣吃饭,算起来他们还没有出五服,本家呢,是堂兄弟,小学时还一起背起书包同行。何东明还比何国荣小一岁。他当兵复员,去年换届才选上村主任。村里的年轻人,都大熊猫般珍稀了,要不去远方打工,要不做手艺,要不做生意。别说青年男子,就是少妇,都难找呵。所以,虽然叫竞选,其实,根本没有人和何东明来争。这村主任有啥好争的?村穷,地势偏僻,交通不便。家家户户只是吃得饱饭,离富裕差得老远呢。

喝着家乡的苞谷酒,堂兄俩说开了正题。

荣哥呵,你这么大学问,能不能帮帮家乡致富?搞个项目,至少弄个金点子哟。

何国荣愣起了眼睛,我怎么帮?

你读了20多年书,满肚子学问,倒点出来就是。

何国荣说,不是我不帮,是我帮不了。

那你学的啥呢?

我学的是昆虫学，具体点说，我读博时研究的是"关于蟑螂繁殖的气温和环境"。

蟑螂？

就是我们称的灶鸡子呵。

这下轮到何东明愣眼睛了。灶鸡子又叫偷油婆（川西人的称法），在不卫生的地方长，厨房和卫生间最多。

研究这个有用吗？

国家要研究它，肯定有用。

这顿酒，吃得无滋无味，分手时两人都有些落寞。

乡里要请何国荣去，他赶紧躲了，匆匆回城。他知道，他的学问，在乡村没有用，甚至被人笑话呢。这偷油婆有啥研究的？农村人碰上了，都是一脚踏死。

回城的车上，何国荣很惭愧，对生他养他的土地，他不能贡献一丝力气，不能帮家乡脱贫致富，心里总是忐忑不安。自己就像个不孝的人，一个忘恩负义的人，一只白眼狼。

在研究所，何国荣还是全副身心地投入。全国就他们一家研究所把蟑螂作为主要研究对象。3年后，何国荣在研究上取得了重大突破，他的研究成果"蟑螂的食物结构及其延伸性辅食"，是世界上首家获取的研究成果。不仅获得了国家科技进步奖，还被提名为诺贝尔生物奖。

报纸上有他的事迹。

电视上有他的形象。

家乡再次沸腾了，省里、县里、乡里、村里，都请他回去。

何国荣不敢答应，不愿答应，不是他忘恩负义，而是他知道，他的研究成果，对家乡根本没有帮助。

他能做的,一是用奖金在城里买了套大房子,把家人全接来。二是给村里捐了几万块钱,维修村小学。

名满天下的何博士,多么想走在家乡的山路上,看看童年的天空,云卷云舒,看看童年的水池,游鱼浅戏。可这一切,不属于现实,只属于梦里。

在梦里,他才是个故乡人。

老万和鱼

村主任给孙子做满月酒,早早通知老万:要五十条鲤鱼,三斤以上的。

村里只一口堰塘,老万从八十年代起承包,一直没有断过。老万能承包到鱼塘,是因为老万有残疾,集体生产的年代,搞人造平原,开山炸石,老万当时二十来岁,去点炮,结果没有跑赢,被炸掉了一只手臂。

村主任家吃鱼,当然不给钱。

可是,五十条,每条三斤,价值上千了。老万的鱼塘,一年下来,不过赚几千块钱。他有点心疼,可是,村主任要鱼,不给不行。

鱼吃跳,所以鱼不能先打起来,得当天早上打,十点以前送到村主任家。

这天,老万起了个大早,还叫幺儿子万良起来,老万一只手,打不了鱼。万良极不情愿,他是砖工,一天要挣几十块钱。可是,

不帮老爸不行,只好跟在老万的背后,扛着渔网。

星星还在眨眼,乡村除了几声狗叫,一片宁静。鱼们也许还在做梦,想不到末日便到了。一网下去,懵里懵懂的,就被网了上来。

这才七月,年初放的鱼苗,长得最快的,也不过一斤多。要三斤重,还要鲤鱼,可是,一网上来,只有一两条鱼上三斤重。

打了五、六网,也就七八条鱼够重,这下老万有些急了。只好继续撒网,可是能上三斤的,再难得打到。

万良说:"爸,你看,上三斤的鱼少哟,还要是鲤鱼,更少。"

老万道:"我知道,可是,村主任要鱼,不给不行呵,你也快结婚了,要村里批宅基地,村主任不同意,肯定不批。"

万良也知道爸说得有理,现在不收提留,不收农业税,种地还直补,村里的权小多了。可是,这宅基地,如果村里不批,乡土管所办不到证,那婚也结不了。

女朋友说,要不在街上买房,要不自己修房,她才嫁过来。她不愿和老人们生活在一起,她想有二人的自由天地。

再一网起来,居然没有一条上三斤的。

到了早上八点,加起来,只有二十来条鲤鱼有三斤重,再打不到了。老万有点沮丧。

万良道:"爸,打不起五十条了,你看咋办?"

老万想了一阵,才说:"你骑摩托上李叔家去,请他帮忙,他的鱼塘大。"

李叔家在山梁那边的另一个村,他承包的堰塘有十几亩,所以鱼多。按市场价,老万给万良拿了一沓钱。

听了万良的话,李叔只好帮忙,其实他心里极不乐意,这些鱼,喂到年底,要多卖上千的钱呢。可是,老万是他的朋友,有一年,他的塘被洪水冲了,重建时老万赠了三千尾鱼苗,一分钱未收。

在乡村,人情比债还大。所以,李叔尽管不乐意,还是按万良的要求办了。

把鱼整齐了,送到村主任家,村主任要给钱,老万哪敢收哟。

那天做的糖醋鲤鱼,深受欢迎。

可是,当天下午,就有人恶心。接着有人呕吐。差不多有三十四个人恶心呕吐,这下村主任慌了。万一死几个,那就是天大的事,赶紧叫村卫生室抢救。

村卫生室的药和人手有限,打电话给乡医院,来了救护车,和五位医生。

一个个吃了药,打了针,把当天的每道菜带一点回去化验。

问题出在鱼身上。

鱼有毒。

老万被抓了起来。

老万说,他的鱼没有毒,他家的鱼不喂买的饲料,他家的鱼吃的草,还有自己家种的麦子和玉米磨的麸子,哪有毒?

可是化验的结果不容置疑。

最有可能的,是他的朋友老李的鱼。可是,能说出老李吗?不能!人家本来是帮忙呵。

最后,老万被判了两年,缓期三年执行。当然鱼塘被村里收回去了。

老万从此和鱼塘无关。儿子万良,当然也批不到宅基地。女朋友吹了,他一气之下,参加了一个到外国的建筑队,走了。

送别万良时,老万两眼流泪,觉得很对不起孩子。

老万夫妻俩,种不好庄稼,只好双双流落到城里,万良当门卫,老婆擦皮鞋,日子凑合着过。只是他们的心,还在乡村。

老万做梦,梦到他的那口塘,浇灌了他的多少心血。有一天晚上,他梦见自己变成了一尾鲤鱼,钻进深蓝的水里,醒来时,被人钓住了,拿回家下了油锅。

老万从不吃鱼,有晕车的,有晕船的,老万呢?晕鱼,别说吃,提到这个词,都会周身不自在,发寒打战。

一只从水井跳出的青蛙

一只青蛙,住在井里。

孤独和寂寞——没有伙伴,没有亲属,没有组织,每天除了吃井里少得可怜的虫子,喝还算干净的井水,就是偶尔的呱呱呱,也是自己叫给自己听。青蛙不明白,自己为啥来到这口井里,但是,跳不出来,井壁光滑,有两丈深。终于有一天,青蛙干脆跳进水桶,被人提了起来,趁打水人不注意,从水桶里蹦出,蹿向草丛。

他听到打水人的哗哗声。

青蛙看到了一块水田,绿绿的秧苗,正勃勃向上。有蜻蜓在飞,快乐无比。

青蛙想都不用想,"扑通"一声扎进水田。可是,遇上一只青蛙,蔫蔫地蹲在那儿。

老哥,你怎么了?

那只青蛙半闭着的眼睛,费了很大的劲才睁开:你快走,这水田里有毒!

井底来的青蛙不知道啥叫毒。

田里的青蛙一字一顿地说,是农药。农民们为了增产,用农药杀害虫,也把我们给害了。我今晚就会死,你千万别喝这田里的水,吃这田里的虫子。快逃,也许你能活出一条命。

井里来的青蛙听得半明半白,于是使劲一跳,跃出了水田。

他站在田埂上,看着田里的青蛙,合上了双眼皮。刚才的几句话,田里的青蛙用尽了最后的力气,也挽救了他的一条命。井里来的青蛙内心大恸,向田里的青蛙行跪叩大礼,然后哭着离开。想不到,这大片的农田,却没有它的栖身之地。

他不敢吃虫子,怕有毒。

他不敢喝水,怕有毒。

但饥饿和干渴,让他身虚气短,心慌难受。最可恨的是,他再没有遇上一只同类,连远房亲戚,比如癞蛤蟆,也没有遇上。

走走停停,好不容易眼前出现了一块塘,长着芦苇和荷花。

青蛙快脱水了,管水有没有毒,先跳下去喝个饱。

这塘的水没有毒,是农户用来养殖的。

里面也有好多小虫子,可供青蛙吃。更想不到的是,这里面有很多同类,一只只肥胖的青蛙蹲在那儿一动不动。井底来的青蛙奇怪了:他们病了吗?

青蛙之间的语言就是呱呱呱,但不同的呱表达出不同的意思,只是人们听不懂罢了。

井底来的青蛙的问,那胖青蛙半天才回答:我们吃的人工饲

料,含有激素,迅速长肥。肥了,就被主人卖到餐厅或火锅店。

井底来的青蛙吓了一身冷汗,这不是去送死吗？你们咋不逃走？

逃走？

塘没有围墙呵。

兄弟,你不明白,我们从小就开始,吃含激素的饲料,我们不会捉虫子吃。而且由于胖,也跳不起来。我看你还是快点走吧,不然和我们一样,早晚要送死。

井底来的青蛙赶紧跳出来,还好,一条命算是保住了。

水田是不能去的,堰塘是不能去的,那河沟呢？

找了半天,找不到河沟,原来这些年地球变暖,河沟都枯了,也没有小虫子可以供他吃。化肥和农药,让小虫子难以存活。

最后井底来的青蛙,又"扑通"一声,回到井中。

成语"坐井观天","井底之蛙",也许并非是贬义词,因为这些词出现时,地球还没有变暖,人类的化学工业还不发达,人们也没有现在爱吃——所有的动物,都是人类的美味。毒蛇,蝎子可怕吧？人类一样吃得津津有味。

管它褒义贬义,能活着就是头等大事。

可是,井底青蛙不知道,村头正在建一座多硅晶厂,用不了多久,地下水也会被污染,它还会有生存的空间吗？

呱呱呱,青蛙,这乡村的歌唱家,有一天,会发出蛙类的绝唱。"稻花香里说丰年,听取蛙声一片",将会成为传说。

羊　奶

刚生了孩子,静澜就得了风寒,不能喂奶。

一出院,公公就从老家铁峰山赶来,什么都没有带,就牵了头奶羊。羊奶子鼓鼓的,随时都可能胀破。已两天没有挤奶了,胀得痛,有时不得不咩咩地叫唤。到了静澜家,老公赶紧去挤了半碗活奶,奶羊一副快乐的样子,就像堵着的水,突然畅流了,很轻松,很爽快。

鲜奶加热,兑上糖,就成了婴儿的食物。

有了羊奶,静澜终于放下心来,现在的奶粉没法让人放心呵。城小,也没有新西兰奶粉,或是加拿大奶粉可买。即使有,他们买得起吗?结婚五年,还居住在出租屋,望着一天天高攀的房价,只能望楼兴叹了。

静澜完全没有想到,等她病好了,这人奶就没有了,孩子不得不只吃羊奶。

上班后,自己长得白白胖胖,体重增了十斤,脸都大了一圈。只是皮肤变白了。人一白,就漂亮。本来就风姿绰约的静澜,把那些美少女比下去了,少妇的韵味,实在让男人们眼馋。当然,馋归馋,最多开开玩笑,或是过过眼瘾。静澜是个作风正派的人,因为不愿意"付出",所以,至今在单位,还是科员。比她长得差,能力差的女性,只要和领导关系一密切,都科长副科长了,只有她,

还是科员,这还是因为她有张本科文凭。

领导一见静澜,两眼发直。

"你吃的啥呵？长得这样美？"

领导曾经暗示过静澜,只要"懂事点",把她调到工会去当副主席。机关工会的副主席是正科级,而且工作轻松。求的人也多,还有外快。可静澜就是"不懂事"。

"我吃奶！"

本来是气话,问个才休完产假的女人吃的什么,不是废话吗？

"什么奶？你总不会自己吃自己的奶,和你孩子争？"这话有些暧昧了,尽管他是领导。

"吃的羊奶。"

"你家喂了奶羊？"

静澜完全没有想到,晚上领导居然来了,手里提着礼品,伸手不打笑脸人,只好接待。静澜虽然厌恶这位领导,人在屋檐下,不得不低头。因此,在一番送烟倒水后,坐下来陪领导聊天。

领导说,"我看看你家喂的奶羊,行不？"

"行,有什么不行？"

出租屋是平房,大约修于二十世纪的七十年代,前后有坎,有沟,一小块空地。静澜的老公,用木块围成栅栏,做羊圈。奶羊不能只吃粮食的,必须食草。所以,每天下班后,老公到郊区,割上一捆草,用自行车驮回家。

领导走的时候,说了句让静澜哭笑不得的话:"这么大头奶羊,你家的孩子也吃不完它的奶呵,能不能每天卖给我一杯？不多,就一杯,行吗？"

静澜愣在那儿,好半天才回过神来,这时领导已告辞了。

夫妻俩在床上商量了半天,最后在老公的劝说下,静澜决定,每天上班时,用保温杯给领导送去一杯羊奶。

领导欣喜若狂,当着静澜的面,就呼噜噜地喝了下去。

领导喝了一个月,一天下午,办公室无人的时候,给静澜一百块钱,说是买奶的钱。

静澜当然不敢收,也不会收。即使再笨,也明白,收领导的钱,不是找死么?尽管为了育这头奶羊,静澜家要买苞谷面,加盐给奶羊吃,还有老公每天风雨无阻地去割草。

虽然静澜没有当成工会副主席,却成了退管办主任,副科级,工作轻闲了很多。领导还是有良心的嘛。哪个说凡是领导都是心狠手黑?以前对领导的认识是错误的,或许是以讹传讹,或许很多人从来就没有接触过领导,乱猜乱想的。

看着孩子健康成长,虽然没有人奶可喂,但心里的歉疚少了。

只是让人奇怪的是领导讲话的声音,越来越"哈",嗓门变细了,声音变单纯了。开始,大家以为是领导感冒了。后来,领导的声音,越来越像羊叫,除了不是咩咩咩,其他全一样。

没有人对领导说,因为"皇帝的新衣",只能由孩子来说破。

领导终于住院了,因为他在家里说话像羊,做事也像羊,动不动不用手,而是用脚踢,直到有一天,他吃饭直接把嘴伸进碗。领导的老婆慌了,只好把领导送到精神病院。

身体没有任何毛病,脑子也没有毛病。那么,是什么让领导变得像羊呢?追根溯源,是静澜送的羊奶。可她的孩子吃了,也没有事。

医院的老专家只好把这种特殊的病例挂在网上,让全国的医生们来会诊,却没有一个人能找到准确的根源。

领导一直在医院里休养,当然,静澜再也不用给他送羊奶了。

一只想领头的羊

头羊被卖了,主人用他换来一大笔钱。

羊群得重新选出一只头羊来,于是,在一片山坡上,羊们放弃对嫩草的垂涎,集合在一起选头羊。

按以往的办法,那就是角斗。

最有可能出任头羊的,是一头叫白脸的公羊,和另一头叫骚棒的公羊。所以,其他羊在侧边观察,加油,暗中支持,赌胜负。牧羊人则早躲在一边睡觉去了。

骚棒挺身而出,他说:"老白,别磨蹭了,不就是打一架吗?胜者为王,败者为寇,乃千古名言。"

白脸确实有点磨蹭,边走出来,边点头,像是在喃喃自语:"两强相争,必有一伤呵,兄弟!"

"骚棒,我觉得打架没意思,逞匹夫之勇。做头羊,不仅仅要有体力,更需要智慧。"

骚棒被白脸说得一愣一愣的。在羊的传统里,除了打架争强好胜,还没有其他产生头羊的方式。

"这样吧,今天我们比试,但不动武,谁赢了谁当头羊。老实说,头羊并不好当,随时有生命危险,但是,这是责任,不能退却。"

骚棒不懂啥叫责任,羊生下来吃草,长大被人吃肉,命该如此呢。

但不能说自己不懂,得装。于是骚棒说:"愿闻其详。"

"第一场比赛,我们比如何组织羊群过河。"

山里有小溪,水深有一米,水流湍急,不能趟过。骚棒愁眉苦脸地立在那儿,半天没有办法。

白脸见状,慢慢走进羊群,选出几只年轻力壮的羊,拖过来一根干枯的木头,搭成了独木桥,当然,羊能轻易过去了。

骚棒虽然不服气,但是群羊服气,如果蹚水,小羊和老羊、病羊,肯定会被溪水冲走不少。

第二场是防狼。

骚棒按照传统的办法,也是前任头羊的办法,选出年轻力壮的公羊,围在最外层,保护其他羊。

不能说骚棒错了,但是,白脸说:"你这是笨办法,保守。"

"你有啥好办法?吹牛!"

白脸同样选出了年轻力壮的公羊保护群羊,同时叫两头母羊"搬"石头,然后石头和石头相砸,溅出的火星,引燃了枯草。

白脸问骚棒:"狼最怕什么?"

"火!"

"这不对了嘛!"

于是群羊欢呼,一只新的头羊就这样诞生了,没有血腥,没有角斗。在羊的历史上,具有划时代的意义。

如果羊按照这样的方式进化,也许有一天,统治地球的就不是人了,而是羊了。所以,睡醒后的牧羊人得知此事,心中大为惊讶。几天后的一个晚上,他悄悄拉出了白脸,一刀下去,鲜血长流,结束了他的性命。然后煮了一锅羊肉,下苞谷酒,大醉一场。

骚棒成了头羊,带着羊群在山坡上啃草,溪边喝水,满足了再

咩咩咩地欢叫。

长肥了,壮了,命也就完了,只是羊们谁也没有想过这是为什么,也没想过如何去改变这种命运。

鱼局长

他姓余,局长,喜欢吃鱼,不吃鱼就难受。"宁可出无车,不可食无鱼"。故人称鱼局长。

他在家里特制了几个大水缸,专门养鱼。鲤、草、鲢、鲟、鲫,样样不缺。别以为吃鱼容易,因为鱼局长吃的鱼,并非水箱养的,或是池塘养的,那种饲料喂大的鱼,他才不吃呢。据说,避孕药,特别能刺激鱼的生长,有个八岁的女孩子,因为喜欢吃鱼,就来例假了。所以鱼局长拒绝吃人工养殖的鱼。

鱼局长吃的鱼,是清水鱼,山沟河溪里野生的。他是地区水产局长,近水楼台先得月,所以吃清水鱼,对别人来说千难万难,对他来说,一点儿也不难。

比如神口县前河产的洋鱼,汤如奶汁,因为流过一段盐泉,其味鲜美。所以,每年县水产局给他送多少斤?五十斤,得用专门的冷冻车送来。

再比如大宁县的娃娃鱼,两栖类动物,叫声如同婴儿,那肉和汤,大补。虽然被列为保护动物,县水产局每年,给鱼局长送的,不会少于十条。

鱼局长吃鱼,煎、煮、蒸、炸、烤、熏,吃出百种花样。他虽然年过四十,人却如二十多的形象,不但没有白发,且皮肤白皙,精力充沛,胜过才毕业分来的大学生。单位的少妇,想往上爬的,曾和他私下约会。但是,往往让鱼局长遗憾,这些少妇,风骚,技术一流,但一摸她们的皮肤,就失望了:粗糙,没有弹性,远远不如他的皮肤。

没有黏糊上领导,少妇们只能原地踏步,前进不了,而鱼局长得了美名——不好色。

上级曾考察过他,已被列为后备干部。如果不出意外,将来他会当上副专员或更大的官。

不出现意外,就得处处检点。很多官员,未提升前,都克制自己。得到提升,就疯狂敛财好色,弥补失去的东西。

要想获得更大利益,先要牺牲小利益,先舍后取,这是传统文化的精妙。余局长深悟其中三昧。

2013年的夏天,鱼局长来到黑龙潭避暑,这儿虽然名声不大,却是极好的休闲胜地。一是它未污染,人少,还没有完全开发;二是山清水秀,松林成片,比城里要低十度左右的气温,不用空调,还得穿长T恤;三是这儿产一种鱼,叫斑鳜,俗称母猪鱼,是鱼中的极品,堪比中华鲟。但中华鲟不敢吃,这母猪鱼则还没有列入保护名册,正好大饱口福。

山区水冷,鱼长得慢,十斤以上的母猪鱼,得经过五年以上才能长成。这鱼,对男人有壮阳的作用。

还真不假,本地的接风宴上吃了清炖母猪鱼,晚上还真睡不着。可是这地方,既无发廊,也无洗脚城。鱼局长也没有带妻子,也没有二奶,真难受。

一个人出来,静坐河边,听清风,赏明月,转移注意力,不去想,也许过一阵就算了。可是这晚真怪,越不想,它越强烈。如果不是鱼局长有文化,也会像底层男人一样,自慰一番。就在他难受时,河里升腾一股白白的轻烟。

鱼局长盯着,那轻烟渐渐变浓,变成一位妙龄女子,冉冉上岸。他惊呆了。

这女子,向鱼局长款款走来。

一步三摇,风吹杨柳,那动人的样子,只在电影、电视、舞台上见过。

女子离余局长还有几米远,一股香气袭来,茉莉花香?不像。野百合香?也不是。山菊花香,也不全是。反正女子的香,把余局长的头熏懵了。

女子靠近了他。

"你,你是?"平时口若悬河的鱼局长,居然结巴了。

"鱼局,你不认得我呵,我叫于小倩!"

"你也姓余?"

"我姓于,干勾于。"

"我姓余,人头余。"

"大名鼎鼎,谁不认得你鱼大局长?听过你作的报告呢。"

"你在哪儿工作?"

"我就在这条河工作,水产站。"

这样的夜晚,这样的情境,面对风华绝代的美人,早骚动不安的鱼局长,再也不能坐怀不乱了,聊了不到十分钟,就把小于带进了寝室。

小于的皮肤,太嫩了,滑腻如婴儿;周身柔软无骨,甚至能将脚抬到额头,让鱼局充分享受。一战如虎,二战如熊,三战如狼。直到一点力气也没有,才歇下来,几分钟后,就进入了梦境。

等他醒来,周身酸软,太阳已高照窗外。想起昨晚的荒唐事,搞得不好,会丢了前程。睁眼一看,身边哪有女子,是一条鱼,已死在他的床上。鱼是母猪鱼,有一斤多重,墨色的背,半睁的眼,红色的泪珠。

鱼局长大叫一声,把陪同他的县水产局领导和同事惊醒,他们赶来,见鱼局床头的这条死鱼,都傻了眼,不知其故。

"你们单位有位姓于的女子?"

"有呵,可是她死了。她是大连水产学院的高才生。"

"怎么死的?"

县水产局长有些发愣,想了一阵才说:"去年过年,我们想给你弄点大的母猪鱼,就把任务交给她,她陪渔民打鱼时,踩滑了石头,掉进深潭,气温在零度左右,来不及救起,被活活呛死!"

鱼局长没想到,为了他吃鱼,竟然发生了这样的事。

鱼局长连忙收拾好东西,急急地离开黑龙潭。

回到家,鱼局长把鱼缸全砸了,把鱼放生在长江。家人和他人,都无法理解。

而且上班后,立即申请辞职。上级很奇怪,没有发现他有啥问题呵,不贪,不色,也没有被纪委请去"喝茶",辞啥职?

只是劝不住。

从此,他见桌上有鱼,必定离席。

半年后,鱼局长苍老了,皮肤如同农人。再半年,他死了,无病,无疼。那天他路过一个渔场,闻到了鱼腥味,突然倒地,呼吸停止。

鱼局长走完了他并不长的人生，连他自己也没有想到为什么。

蛇　功

大弯像迎亲的新郎，迫不及待地闯进村主任家。

"村主任，村主任，罗奤儿死了！"

"他死了？怎么死的？"

"被他养的眼镜蛇咬死的。"

村主任从抽屉里拿出本花名册，然后戴上老花眼镜，一下就从第三页倒数第二行找到了罗大春的名字，用圆珠笔在上面打了大大的叉，嘴上喃喃道："我们村没有困难户了，终于脱贫了，脱贫了。"

大弯呆呆地站在一旁，不知接嘴好还是不接嘴好。

罗奤儿是罗大春的绰号，因为他耳朵大。自古以来，都说耳大是福，人家刘备双耳垂肩，好耶也是个皇帝，罗大春却命苦得像黄连。三岁死娘，四岁死爹，隔房么叔把他养大。十二岁起就给生产队放牛，十八岁参加"农业学大寨"突击队，结果修梯地放炮，炸断了一只手臂，三十五了还没有说上老婆。土地一到户，这罗奤儿渐渐地成了全村最穷的人。

打不了工，做不了手艺，一只手臂也种不好庄稼，不穷才怪。

村里就他拖了后腿，不然早全部脱贫了。为这个，村主任没有少挨乡领导的批。

罗奔儿养过鸡,得鸡瘟。养过蜂,得蜂病。养过鱼,一夜间被人放药毒死。他不但脱不了贫,还欠乡信用社一万多块钱。这不,不知从哪儿得到消息,说养眼镜蛇发财。听说城里人现在不知吃什么才好,干脆吃有毒的,越毒越好,于是毒蛇成了他们的佳肴。

罗奔儿的蛇种是从山东的一个养殖场买来的。

这眼镜蛇吃得更挑剔,得用鸡肉丁。没办法,罗奔儿每顿都是蛇吃鸡肉人吃素。但看着一天天长大的蛇儿,他心里就会升起股温暖。政府要求脱贫,老百姓更需要改变自己的生活。罗奔儿和蛇,就像兄弟姊妹,朝夕相处。蛇不咬他,就像自己喂的狗不会咬自己。有时他还和蛇玩耍。特别是热天,蛇盘在身上,凉凉的,爽得很。

但想不到,有只小蛇,在罗奔儿去喂食时,突然跃起,给他喂食的手留下三个齿痕。

就是这三个小小的齿痕,夺去了罗奔儿的性命。

村主任向乡里汇报,我们黑水凼终于脱贫了,没有一个困难户,全部越过了温饱线。

乡长很高兴,当时就在电话里表扬了他。但还没隔半天,村主任就蔫头蔫脑。因为,他空欢喜了一场。中午电视台的本县新闻说,县政府刚发了个文件,指出人们生活水平提高了,物价也上涨了,原先的脱贫线不作数了,从今年开始,人均收入要上涨100元。按这个规定,我们村起码有五户人家在脱贫线下。

那天,是罗奔儿上山的日子。

人死了,一了百了。乡亲们集了钱和粮,举办了一场简单的

葬礼。

因为罗奉儿没有后人,村主任只好来念类似于城里悼词的家祭。

念累了的村主任歇下来,大弯谄媚地递烟点火。讨好道:"村主任,今年我们村该脱贫了,你说不定会上县城领奖呢!"

村主任飞起一脚就踢在大弯屁股上,踢得大弯鼓起两眼,半天还一愣一愣的。大弯心想,这罗奉儿一死,村主任也疯了?

这时候,有个声音远远地传来:"收蛇啊,有蛇卖不?"

没有人注意这个声音,只有村主任长长地叹了一口气。

李教授

那时候,教授极少,不像现在,教授可以批发的。

准确地说,李教授是副教授,五十多岁,偏瘦,不苟言笑,同学们并不喜欢他。加上他是胡北黄冈人,方言极重,因此他的课大家不是打瞌睡,就是在下面看小说,中文系的嘛,对李教授主讲的政治经济学,并不感冒。不过,你可以不感冒,但你不能不考试。因此,一到期末,我们都做出一副谦虚的样子,和李教授套近乎,原因极简单——这种课,分为考查期和考试期,那学期如果是考查,就不考试,凭李教授的好恶,给我们打优、良、及格、不及格,万一打个不及格,就麻烦了。

这一学期是考查,李教授刚在讲台上宣布,大家就山呼万岁。

特别是些女生,有的连笔记也不记,这时恨不得上去吻两下李教授。

可李教授接着说,考查么,得出项目。大家就鼓起眼睛,看他出什么项目。李教授把全班五十一个学生,分为三组,每组十七人。

第一组,去调查补鞋。那时的皮鞋是高档商品,用破了要补。不像现在,从不补鞋,破了就甩。

第二组,去菜市场调查小菜价格。

第三组,去商场调查处理品。

这下,大家都有点怵,不过,既然是考查课,只有认真去做了,老师一定会打个及格的。我被分在调查补鞋组,刚好皮鞋有个小洞,正需要补呢。

那时补鞋一般是一两角钱的生意,我们一个月生活不过十七块钱,两角钱也能起大用的,一碗面条才一角二分呢。

下一次上课,李教授要我们一个个地汇报,并现场打考查等级。

这有什么好汇报的?

不过,我们还是一是一,二是二地给李教授汇报,比如我说,我皮鞋那个洞,皮匠是按补的面积收费的,一、两厘米以内,一角;三、四厘米以内,两角;五厘米及其以上,五角。

李教授说,对,这是时下的标准。你和皮匠还过价没有?

我心里嘀咕,这事儿如何还价呵,都是明码实价的,但不敢说出口。李教授讲,其实,这种事还是可以还价的,不是把价讲下来,而是让皮匠付出更多的劳动和成本。既然是按面积收费,那补的圈子内,你可以叫他多扎几道线呵。

我恍然大悟,确实,那样补出的皮鞋扎实多了,又没有违背皮匠的收费标准。

真正是教授,只有他才想得到,绝了。

更绝的还在后头。调查小菜的这组汇报完了,李教授统计,有葱,有白菜,有莴笋,有生菜,有洋芋,有芋头,有紫菜等十几个品种呢。最后他说,你们全都上当了。

同学们吃惊。

李教授说,你们去市场的那天,我也去买菜,但是价格比我们调查的便宜一半。原因极简单——你们调查的时机不对。当时大家想,就是做个作业,所以早早地去了菜市场,随便问,算是完成任务。这时菜农或贩子才挑菜来,所以贵,因为这时菜看着水灵,鲜嫩。到了十一点以后,菜叶子开始萎缩了,菜也就便宜下来了。

对李教授,你不服不行。

到商场调查商品打折那个组,更是简单,只要记下原价、打折是多少就行了。比如一件衬衣,原价五十,那时五十是大数目,现价十五。

李教授问我们,你们哪个发现了商机?

我们是学生,不是商人,当然发现不了商机。

李教授说,如果你以十五元一件买下来,重新洗、熨,然后运到乡下,以二十元一件批发,一定有人抢购。因为打折品并不是质量问题,可能样式过时,或运输途中脏了等等。

我们想,这李教授,真是人精呵,要是他做生意一定大发。

可李教授不做生意。

李教授的抠门在学校是出了名的。他真的连一把小菜,也要讲半天价,仿佛不讲价,他就不是经济学教授似的。

李教授在我们毕业的前两个月死了,肝癌。

李教授死后,遗嘱上写道,将存款一万四千元捐给学校,其利息资助贫困学生。

那是一九八四年呵,李教授的工资才八十多元一个月。

送别李教授那天,全校同学们自动停课,一程又一程,把他送到九池的山上下葬。

天降大雨。

我们大哭。

荔枝泪

林孝瑛从三峡师范毕业后,分配到重庆万州区走马乡的庆元村,那儿是渝鄂交界的七曜山区,离城足足有300多里,离乡政府也有100多里。

那儿的村校就一个民办老师,教三级复式班。上级派过好多次公办老师,但每次来,教不了几天就走了。因为吃不了那里的苦——要到三里外的地方挑水,柴也要自己上山去砍,菜呢自己种,要不就是找当地的农民讨(他们不卖只送)。这些都不是困难,没有电,没有电视,没有文化生活。好多人就耐不住那份寂寞离开了。当十八岁的林孝瑛来到这儿,心一下就冷了。

村主任一脸的沧桑,反正来了又走,因此他对分配这么个女

孩子来,能留下,根本不抱什么信心。只是简单地安排了一下,中午在自己家里煮了顿腊肉,算是接风了。最热情的就是那个民办老师——快六十岁的鸢老头岳启青,他多想退休啊,可村里年轻有文化的早跑了,公办老师又派不来,自己一身病,想不教都不行呵。

林孝瑛想哭,但哭不出来。

她上课的第一天,想不到的:所有的同学全都拿着一根干柴。

"同学们,你们做什么?"

"新老师(好多人还不知道她姓林),岳老师说了,我们每人拿根干柴,你就不用上山打柴了。"

"新老师,听说山上有老虎和狼。"

林孝瑛哭笑不得。

第二天,所有的同学上学全都拿着一油纸袋菜。有山里的豆豉,山里的腌菜,还有干洋芋片,还有个同学拿的是一只薰干的野兔。

"同学们,你们这是?"

"林老师,我们父母说了,我们每人带点菜,你就不用种菜了!"

林孝瑛再也抑制不住自己的热泪,一下夺眶而出。这倒把这些山里孩子吓坏了,好半天有个大一点的同学才道:"林老师,我们惹你生气了?"

林孝瑛抱着这个才十来岁的小女孩:"不是哦,是你们太让我感动了,多好的学生呵,我一定不离开这儿,好好教你们!"

孩子们欢呼雀跃:"啊,林老师不走了!啊,林老师不走了!"

生活是艰难的,比想象中的难十倍百倍。苦还可以吃,但孩子们似乎都比较笨,这是林孝瑛最大的心病。他们的见识太少了,没有电视,没有报刊,没有任何课外书籍,孩子们的脑壳就像板结的土地,长出棵芽来是件不容易的事情。

这天,她给大家上语文课,教材上的范文就是杨朔那篇有名的《荔枝蜜》,这可是一篇有名的美文呵,可孩子们一个个张大眼睛,就是不明白。

"同学们,你们有什么问的吗?"

同学们怯生生的,好半天,才有个男孩子举手。

"你讲!"

"林老师,荔枝好吃吗?"

全班大笑,这个同学的绰号就叫"好吃佬儿"。

荔枝什么味?

全班谁也没有吃过荔枝,连听都没有听说过哦。这儿天冷,不出产这种水果,也没有卖的,有他们也买不起呀,好多人家还没有脱贫呢。

"同学们,你们想知道荔枝是什么味吗?"

全班齐声回答:"老师,我们想吃荔枝!"

"好。老师一定让你们尝尝荔枝的味道。"

"十一"长假,林孝瑛终于有时间进城了。头天晚上,林孝瑛就早早地准备,早睡早起。第二天一早就出门,走了八十里山路,才到了机耕道,有手扶拖拉机载人。虽然不太安全,可总比走路好,自己确实走不动了。

林孝瑛回到自己的老家,但心里总悬系在那三十多个孩子身上。因此,离长假结束还有两天,在家她就坐不住了。

她用第一个月的工资,买了十斤荔枝,五十元钱呵。钱还是

小事,可要把它背回走马乡的庆元村学校就不是件简单的事了。林孝瑛心想,路上总会遇上人,到时请人帮忙。

可下了机耕道,开始爬七曜山,就是没有一个同路的。

好在包里有干粮,饿了吃,吃了再走。

到了崩溪河谷,突然下起暴雨来。前不挨村,后不着店,近二十里无人烟,她躲也没外躲,藏也没处藏。她只好硬着头皮往前走。

想不到,就在她穿过崩溪河,平时只有脚背深的水,一下涨成了一尺多深。林孝瑛想能趟过的,她不知山洪的厉害,一只脚迈下去,山洪就把她卷走了,当然还有她带着的那十斤荔枝。

十斤荔枝,谁也不愿动一颗,三十多个学生全噙着泪。

"林老师,你醒来,我们不吃荔枝了,我们要你!"

孩子们呜呜的哭声,在野山回荡,久久不息。

一包红稗子

我84年从师专毕业,一直在教初中,教过的学生有两千多个,因此每年教师节总有学生来看望我,或寄点礼物,表达一下他们的心意。

想不到,今年教师节,我收到一个大大的包裹,上面没有寄件人的姓名,没有地址,让我难猜。我只能从邮戳上判断,他来自新疆。

他是谁？寄的什么？

我迫不及待地想当场打开，最后还是忍住了。回到家，找来剪子，小心翼翼地剪开，才发现里面还有一层口袋，是黑色塑料袋，再打开，一下让我目瞪口呆——里面不是什么贵重礼物，而是一包稗子。

在农村生活过的人都知道，稗子是种讨厌的植物，它在田里，生长比禾苗快得多，如果不除掉它，必然会抢占禾苗的营养，抢去禾苗的阳光和水分，因此农民不得不"薅秧"，其实就是弄掉稗子。因此，稗子不是什么好礼物。

我的血往上涌，心眼堵。想不到辛辛苦苦二十多年，居然得到这样的回报。

于是我在网上发布消息，一定要查出这个人来。

我保留了各届学生的花名册，但他们后来的去处却不知道。

网上的消息返回快，终于通过我的学生们查证，在新疆只有一个学生，他叫吴海浪，是八七级的。那时，我刚刚从师专毕业，分在凉水中学教初一的语文，他就是那届的学生。我记起来了，三角眼，尖脑壳，细麻腰，一看就是鬼精灵。可他读书不专心，全用在歪点子上。比如给同学的书包中装个癞蛤蟆，在女生寝室前放蛇皮，反正调皮至极。老师当然不喜欢他，我在课堂上讲，同学们，不要做稗子，要做谷子。当然大家明白我指的稗子是谁，都拿眼睛朝吴海浪看，对着全屋的鄙视，这个从来没有红过脸的人，终于低下了头。

二十多年了，关于稗子的记忆早忘了，想不到今天收到了一包稗子。

一定是他寄的，因为只有他在新疆呵。

我再把那个包裹拿出来左看右看,还是不得要领。最后干脆倒出稗子,秘密出现了。

里面还有一封信,信封上写着:马卫老师收。下面落款是:学生吴海浪。

我急忙开信,一读,潸然泪下。

"马老师,我十分感谢你,你当年用稗子喻我,让我幡然悔悟,后来认真学习,虽然没有考上大学,但当兵后,我考上了军校,成了军医,成了干部,跨出了农门。"

"马老师,我不恨您,真的感谢你。不久前,我从一个同学那儿得知,您的喉咙得了病,哑了声,我着急,查了好多书,才从《医类汇编》中查到,在我们新疆,有种红稗子,泡酒喝,医失声很有功效。我特意寄来一包,你试试,行的话,我以后再给你寄。"

我哽咽无语,稗子,也有它的作用呵,当年我为什么那么恨稗子呢?听说现在还有人专种稗子酿酒,比高粱酒还好喝。

一包红稗子,让我重新认识生活。

错别字

陈刚全小心翼翼地走进语文组办公室,因为他今天又犯错误了。下课后,他把从上学路上捉的一只青蛙放在同桌女生王慧的桌子抽屉里,青蛙蹦出来,吓得王慧晕倒在地上。要知道,王慧先天性心脏不好,搞得不好就会出人命,这不是犯大错吗?谁家的孩子不是宝？金贵得很，万一要出个什么事，家长不把学校告到法庭才怪，有的老师还为学生出事丢公职。有学生来报告给班主任何老师，何老师的脸都气青了，可是也一样吓得脸发白的陈刚全居然没有想到，何老师不但没有打他，没有批评他，只是安排学生把王慧送到医务室后，叫陈刚全吃了中午饭，到她的办公室来。

陈刚全哪还有心思吃饭，中午饭他没有吃三分之一，吃下去的饭也不知是什么滋味。他在等待何老师的暴风雨来临。上学期，班主任是周老师，每次他惹了祸，周老师就让他下午到操场跑一万米，然后在沙坑里跳半个钟头。虽然没有打他，骂他，但体罚得他当晚脚肿，腰疼，屁股怕挨床。周老师的办法被学校发现了，认为不对，就撤了他的班主任，换成了何老师。何老师接手后，陈刚全也没有出过大错，成绩也没有上升，仍是班上倒数第一，因此也不知道何老师会怎么处置他。

"你坐吧，先写份检讨书。"

何老师轻言细语，这让陈刚全一下无法适应。要知道，作为凉水中学一千多名学生中最捣蛋的学生，检讨书不知写过多少回，那能有什么用呵？何老师是优秀班主任，难道这点她都不明白？陈刚全的心一下放松了，坐下来写他的检讨书。何老师在改作业，像根本没有一个学生在她身边似的。

磨磨蹭蹭，大约花了半个钟头，陈刚全才写好他的检讨书。

"我的天，你咋就这么多错别字呢？"何老师一脸的惊讶。她居然认真地数起来，一篇不到三百字的检讨书，居然有87个错别字。

这下陈刚全脸皮再厚，也红了起来："老师，我的语文成绩不好。"

可何老师并没有说他什么,就放他回去了。只是叫他把检讨书交给她,还郑重其事地用一个卷宗夹好。陈刚全忐忑不安地离开。

第二天,他不安地找到何老师,问她:"何老师,你真的不再批评我?"

何老师一脸的莫名其妙:"难道你想挨批?"

"谁想挨批呵,可是——"

"我只给你提个要求,每次考试写作文,只要你全部用错别字写,就得满分。行吗?"何老师很认真地说。

陈刚全一下傻了眼:"何老师,你是不说颠倒了?全部用错别字写?"

"没有。就是要全部错别字写,否则不给分。"

开始,陈刚全以为这没有什么,但一到考场才知道不是那么回事。一篇八百字的作文,要全用错别字,根本无法写出来,因为好多字他不知道正确的和错误的。那次考试,作文当然没有得分。

第二次还是没有得分。

第三次仍然没有得分。

直到他毕业的那次考试,他才得了分,全部用上了错别字。而且陈刚全的成绩直线上升。这可是全校有名的调皮大王呵。

别的老师很不理解,何老师一点就破了——要全部用错笔字,得先知道什么字是正确的,这样陈刚全不得不下功夫。

教研室的老师全都竖起了大拇指:"高,实在是高!"

很多年后,陈刚全大学中文系毕业,恰好上海的《咬文嚼字》在全国招聘编辑一名,陈刚全脱颖而出,轻松获胜。当他到编辑部上班，主编问他为什么他能识破如此多的错别字，他便讲了小时何老师叫他用错别字写作文的故事。

主编也感叹不已。

错别字改变了陈刚全的一生。

特殊家长

一条狗，摇摆着尾巴，嘴上衔着一张纸条进教室。吴老师惊呆了。

吴老师是青石乡第二中心学校四年级的班主任。四年级就一个班。

说是第二中心学校，其实学生不到300人，以前是乡中心学校，撤村并乡后，更名为第二中心学校。

按惯例，每学期开学后的第二周周五下午都要召开家长会。这些年，偏远农村的学校很难把家长召集齐，因为很多家长都外出打工了。能来的不到一半，也是爷爷奶奶、外公外婆、姑姑姨娘、伯伯叔叔舅舅，还有干妈干爹。

那条狗进了教室，走到雷翠花身边。翠花拿下纸条，交给吴老师。

纸条上的字，歪歪斜斜：吴老师，我是翠花的奶奶，本来今天要来开家长会的，可是刚出门就歪（崴）了脚，只好写个纸条让我家的花子送来。它是条狗，可是它在我们家，就和人一样，我和孙

女、花子相衣(依)为命,今天派它为代理家长来开会。

哪有一条狗来开家长会的?吴老师哭笑不得,有点生气地对雷翠花说:"你们家的狗真能当人?"

"吴老师,花子真不错的,能当人用。"

"那你举个例子。"

"那年花子才一岁多,那天爷爷在山上砍柴,下了暴雨,起了山洪,在过一条小溪时,山洪差点把爷爷冲走。花子死死咬住爷爷的裤脚,像人一样用力,爷爷抓住溪边的一根白瓜藤,才救下了性命。"

吴老师信牲畜救人的事,但即使这样,狗也不能当家长啊。

翠花再说:"花子每天送我接我上学,和我爷爷在时一样。弯弯的山路,我一个人要走好几里呢。过干石沟,爬莫家坡,穿一碗水,才到雷家岩。花子每次送我到莫家坡,下午也在那儿等我回家。无论是春夏秋冬,雨雪雷电,花子从来没有失约过。见到它,孤独和恐惧就消失了,爷爷去世后,父母三年没有回老家了。花子汪汪汪地呼唤,就像爷爷在呐喊。走近了,花子都要在我的腿上嗅嗅,然后摇着尾巴,在前面欢跑。"

吴老师鼻子酸酸的,给这个特殊家长安排了板凳。

两周后,吴老师去家访。在翠花家门口,花子突然蹿出来,围着她的脚转转。农村的狗如果是拴着的,肯定咬人。如果不拴的,肯定不咬人。

翠花见是吴老师,高兴得不得了,把她迎进屋。

花子进了屋,钻在角落里,趴着,听人聊天。

"吴老师,对不起,我的腿还没有好,只能躺着。我家翠花是不是在学校犯事了?"

"奶奶,她听话呢。孩子的爸妈,几年没回家了?"

"翠花,给老师倒杯水喝。"支开翠花,奶奶悄悄地说,"翠花的爸妈在外地打工,早离婚了,各自组成了新家,她还不知道呢。"

山路弯弯,溪流哗哗如歌,野鸟喳喳,身边树竹苍翠。吴老师无心欣赏,她的心都在翠花以及大批像翠花那样的留守儿童身上。风烛残年的奶奶,还能陪伴翠花多久?花子又能当翠花多久的"家长"呢?

一盘棋

上面突然来了个政策,要在每所初级中学评一个高级职称,相当于大学的副教授。年轻教师没有资格,因而装作不知道。全校算起来,有资格的就是何炮和赵马。二人为什么叫这么个绰号,因为二人都是超级棋迷,除了上课,就是下棋,何老师爱下当头炮,赵老师爱下连环马,久而久之,这何炮和赵马,倒比他们的名字还让人记得住,连工资本上都是这么写,校长讲话点名也是这么点,二人也没有异议。

这回,两个老伙计各有心思了。何炮家在农村,自己五十多了,上面还有七十多岁的父母,九十多的爷爷,自己的孩子读书也没有读出什么名堂,最后在南方打工。老婆在学校的伙食团做临时工,每月才五百多元钱,日子实在是稀泥巴上拉木头——过拖。

他打算退休后在城里买套住房,但以现在的工资收入,这个愿望难以实现。如果评个副高就不一样了,区教委专门修有高知楼,实行优惠价,比商品房便宜一半,一百平方米要少五六万元,那购房的压力就轻松好多。

　　赵马比何炮年轻几岁,可他也是命运不济,生了个先天性心脏病的儿子,因此他的日子也不是很好过。赵马的妻子在农村,种田和橘子,可近年来橘子价格一掉再掉,差不多要亏本了。赵马倒不想什么房子,这对他来说还是个奢侈的想法,他就是想存一笔钱,给孩子换个心脏。听说至少要三十万元,这个数字对一月拿千把块钱工资的赵炮,是个天文数字。别说三十万,就是三万元他现在也拿不出来。

　　那晚,两个人无法入眠,都在操场上散步。两个人相见,倒是不自然地笑了,给对方敬了烟,就开始闲聊起来。

　　但两个人心事重重,显得很做作,很虚伪。两个人的心里都压着块石头哟。

　　还是赵马先说:"何老师,我俩也不打哑谜了,这个高级职称的名额,按说给你,你比我大,工龄也比我长,比我先退休,机会也就比我少些。可我的情况你也知道。"

　　何炮说:"哎,连校长主任都不好说该我该你,我听他们说研究了好多回就是下不了决心。要不这样,我们下盘棋,一局定胜负,谁赢了谁要那个名额。输的人绝不争,绝不反悔,到领导那儿直说这事。如何?"

　　赵马道:"行,我听何老师的,如果我输了,我去找校长,直接把名额戴帽下达给你!"

　　月光淡淡的,九月的天不冷也不热,但有几只讨厌的蚊子在那儿哼。不过,路灯下的何、赵两个人没有精力来顾及这些,他们的全部心思都落在了棋盘上。蚊子捞到了好机会,给他们每人叮了几个疱。

真是棋缝对手,将遇良材,杀得难分难解。一时间,小小棋盘上倒是风烟滚滚,雷声轰隆。

最后,赵马多了一卒,赢了。

何炮拱手道:"恭喜你,赵老师,我明天就给校长说。"

赵马擦了擦头上的汗:"何老师,承让了,大恩不言报,今后有用得着的地方,招呼一声就行了。"

两人相对而笑,亲密得如一胞弟兄。

两年后,何炮退休了,退了休的何炮更加执着于下棋。回到老家,就在村头的茶馆每天找人杀棋。不管输,不管赢,其乐融融。

也是九月,教师节,全县所有教师进行了一次体育比赛,包括退休老师。也是怪事,全县那么多人参加比赛,就是何炮和赵马进入了象棋决赛。

依然是当头跑,依旧是连环拐子马。杀棋的人全神贯注,绝不亚于奥运会的认真和庄严。最后,是何炮多一卒,赢了。两人又是相对而笑,约好了以后有机会再战。

回到家,何炮把枚沉甸甸的金牌,挂在老婆的脖子上,说是献给老婆的礼物。

老婆给他一个白眼:"啥子烂东西,拿来逗老娘开心?"

何炮就说了比赛的事。

"那你那年咋输给了他?"

何炮说:"我那天见赵马急了,手上是汗,头上是汗,他太需要这个职称了,就想想他那个孩子,我说什么也不忍心赢他,就故意露了个纰漏——"

老婆倒是没有再怪他了,还给他个亲吻,让何炮吃惊不小,因为他俩老夫妻,已好多年没有吻过了。

最后一课

虞老师走向讲台,看着孩子们一脸的迷茫。

腊月的风,穿过窗户的破洞,空旷的教室,显得冷清。三个年级,十七个学生,这所叫"白岩寨村小"的学校,就要在寒冷中完成使命。

值日生大声喊"起立"!十七个学生都站了起来。

"同学们好!"

"老师好!"

虽然不太整齐,却也声音洪亮,在这乡村的上空回荡。

"坐下!"

乡村的孩子,一个个天真、纯朴。他们的父母或在外地打工,或在家种地,没有精力来顾及他们。于是,虞老师,就成了监护人。

这时候,乡中心校的校长走上了讲台。虞老师介绍后,请他讲话。

校长挺年轻的,三十多岁,操一口流利的普通话:"同学们,大家好,今天是你们在村小学上的最后一堂课。明年开学,你们全部转到乡中心校,这是上级的关怀。那儿有标准的体育场,有新建的图书馆,有从师专毕业的音乐老师、美术老师和体育老师。你们的素质教育会得到全面提高,成为一个个优秀的人才。"

没有鼓掌,十七个孩子中,最大的十岁,最小的六岁。校长有些失望。教室一片静谧,像一潭死水,像一片沙漠,像一块枯草地。

校长调整了一下心态,然后和蔼地说:"同学们,你们有疑问吗?"

要撤全乡最后一个村校的传说,早已沸沸扬扬。这白岩寨是全乡最偏远的地方,至今没有一寸水泥路,只一条毛公路,弯弯曲曲地在山上环绕,到乡场镇,要整整三十里。十七个孩子中最大的叫哈德,他举起手。

"你说,这个同学。"

"老师,我们转到乡中心校,还是走读吗?每天来回几个钟头呢。"

"同学们,你们到了乡中心校,就住读。"

"住宿给钱吗?"

"不给。"

"吃饭给钱吗?"

"要给!"

"多少?"

"一个月二百元。"

哈德的眉眼一下绞在一起,一个月二百,十个月二千,他们家出得起吗?父亲的手在割青藤时受了伤,成了残疾人,母亲种地,

还要带妹妹,他们家穷得叮当响。在村校,他每天带的午饭是两块烤洋芋,从来没有吃过正经的中午饭。下午回到家,还要帮母亲去放羊。

如果村校撤了,哈德只好辍学,不是他不想读,到乡中心校,他读不起。

再举手的是李光明,十七个孩子中他最小。

"老师,我,我不去乡中心校,我天天晚上尿裤子!"他稚嫩的声音响起后,接着是低声的嘲笑。

虞老师坐在最后一排,那儿有几个座位空着。他知道,李光明的爸爸妈妈在广东那边打工,家里就一个七十多岁的奶奶在带他。孩子太小,还没有生活自理能力,叫他去住读行吗?

李光明的话让校长待在那里,说不出话来。是的,学校也设了生活老师,可是不可能帮着换裤子呵。乡中心校有八百多学生呢,哪里照管得过来呢?可是,这撤村校的事,是上面定的呵。

村校难,派不进公办老师,现在也不兴代课老师,这虞老师,是村里自己聘的,待遇不及公办老师的一半儿。

像李光明这样的,最好的办法是父母亲接去城里上学,可是,在城里上学要给很高的建校费,这些打工的人,又舍不得钱,因为不是给一百两百,而是上万,一年打工的钱就没了。

这时,一个女生举起了手,算是给校长解了围。

"老师,我们上中心校,回来时有人送吗?"

这是个二年级的学生,八岁,可是长得纤细,弱不禁风。白岩寨不通公交车,只有摩托车和农用车,山路陡峭,一年要出几回车祸,都是滚进深沟里,人和车全都摔成碎块。

校长再次目瞪口呆。

见校长回答不出来,虞老师只好解围:"同学们,要相信国家,相信中心学校会想办法解决大家提的问题。"

校长只好草草收场,请虞老师回讲台,上完最后一课。

虞老师四十来岁,读过高中,因为打工时受了伤,被机器扎了脚,所以回到老家,当起了代课老师。他是个极负责任的人,对每个孩子,都像自己的孩子一样带。他每个月拿到的八百块钱,有一半用在了孩子们身上。比如孩子生了病,他存有常见的药;孩子要给父母打电话,话费全是他包了,因为用的就是他的电话;哪个孩子买不起笔和本子,也是虞老师掏钱买。

可是,学校要撤了,他的老师身份,只能到今天结束。

"同学们,振作起来,天无绝人之路。今天是你们在村小学的最后一堂课,教材早讲完了,我给你们讲个故事吧。"

十七个孩子,都还是儿童呢,当然喜欢听故事了。何况虞老师的故事讲得真好,比如《七个小矮人》《青蛙王子》《希腊棺材之谜》《一双绣花鞋》等,都是虞老师讲给他们听的。白岩寨,没有电脑,没有图书,没有手机,甚至好多家还没有电视,因为收不到信号。

"在萤火虫的家族里,有一个美丽的小姑娘,名字叫荧荧。它的翅膀硬了,能够高飞了。这一天夜里,她悄悄离开了妈妈,独自飞出去学本领……"

缓缓的,轻轻的,一个字,一个词,都那么珍贵,就连平时上课爱开小差的喻小雷,也尖起了耳朵。

除了虞老师的声音,连风也不忍心吹动。

听的人脸上全是泪水,包括坐在教室最后的校长。讲的人脸上也全是泪水,最后几个字,已哽咽得说不出来。

教室外的山坡上,那金黄的野菊,一朵朵地怒放。

腊月,离新年近了。

春天,已在悄悄来临。

义　举

刘炳华想贡献余热,毕竟才六十出头,身体尚好。

他原来是在县文化馆工作的,擅长国画,曾经有一幅《背二哥》的画,得过省美展银奖。

退休后,刘炳华来到了儿子居住的城市。这是个地级市,有六七十万人口。到了暑假,到处都是美术班、书法班的招生广告。也难怪,现在讲素质教育,家长呢又怕孩子输在起跑线上,于是一到暑假,孩子们比平时还累,最多的报了六个班。

刘炳华是个认真的人,他看了这些招生点贴出的教师作品,有不错的,也有不少是滥竽充数的。

于是,刘炳华想,我也不差钱,何不搞个义务美术培训班呢?我不收钱,相信来的人一定多。

先是贴广告。小区有个广告栏,可是他的招生启事一贴上去,就有人用笔写上——不收钱?骗人的吧。刘炳华一看,不死心,于是不怕炎热,来到几个专搞招生的摊点去,给人家递上烟,然后说了自己的打算,可是,换来的却是白眼。

都什么年代了呵,还有义务培训的?

刘炳华想解释,可是人家不听,撵他,叫他别捣乱。人家在做生意呢,没有精力和他纠缠。

刘炳华从包里拿出各类证件,还有出版的画册,虽然是自费出版的。可是没有人相信。还有个小青年嘀咕:这人是不是有毛病? 这毛病指的是脑子。

刘炳华听得清清楚楚,却发不了火。于是他做了一件让大家吃惊的事。

一个小朋友走过来,大约七八岁,一对小夫妻在身后,他们正向一个书画培训班招生摊点走去。

他拦住孩子。

"小朋友,爷爷教你学画怎么样?"刘炳华弯下腰,堆起满脸的笑。

小朋友躲开,他的父母一下子赶了过来。两人看来是有点文化的。男的说:"你会画画?"

要是以前,刘炳华一定生气,什么叫"你会画画"? 我老人家画了一辈子呢,就是因为画得好,才从学校调到县文化馆,做专业的美术干部,一生就是凭着这支画笔吃饭的哟。

女的眼里全是不信,也难怪,现在骗子很多,骗人的方法也很多,真假难辨。

刘炳华又拿出证件。女人顺看,竖看,都不相信。她扯起男人的衣角,意思自然明了,信不过嘛。

这一天,刘炳华一无所获。第二天,他改变了策略,来到"星星艺术培训中心",找到负责人说,他愿意来当老师,不收钱。

培训中心的负责人,其实就是一个业余美术爱好者,一直办美术书法培训班,平时周末授课,暑假天天授课。这人四十多岁,一脸的胡子两三寸长,看起来很有几分艺术家的味道。可是一看他的作品,就不行了,显然没有受过专业训练,是野路子的那种。刘炳华是个直率的人,对办公室挂的作品指点了一下,负责人明白,这是行家呵。

可是,当刘炳华说,教书不收钱时,负责人盯了他起码五分钟,才收回目光。他怀疑,抱这种心态的人,一定另有目的,当然不敢用了,只好客气地推辞。

刘炳华不明白,为啥不收费,人们不相信呢?

这天,他的儿子给他领来了一个学生,说是要找刘炳华学画。他从床上一下跳了起来,兴奋得不得了。

孩子读小学五年级,很乖的样子。

画笔、纸,都准备好了,刘炳华从线条讲起。第一天,不能讲多了,美术这东西,重在实践,于是拿了个碗,让他画静物。

孩子画了几个,画不像,但很努力。

从这天开始,刘炳华像是焕发了青春似的,每个细胞都充满了力量。

孩子学到开学前两天,才欣然离开。进步也挺大,能画简单的素描了。刘炳华一直没有注意到一个事实,那就是孩子的父母从来没有来接送过孩子。他太忘我了,把所有的心血倾注在孩子身上,所以时间过得特别快。而且,他买了不少水果和零食,让孩子休息时能有吃的。孩子毕竟是孩子,没有不喜欢好吃的。

这个假期,刘炳华过得很充实,因此他感谢儿子给他带来了这么个学生。

开学后,刘炳华总是想念这个学生,总想去看他,但是他只知道孩子叫刘佳一,实验小学的。

刘炳华来到实验小学,问遍了,也没有一个叫刘佳一的学生。

奇怪,太奇怪了。他打电话给儿子,问儿子是不是骗他。

儿子说,我敢骗你吗?人家真的叫刘佳一,实验小学学生。

周末,他无事来商场转转,结果和刘佳一不期而遇。躲不开,刘佳一只好回答了刘炳华的问话。

原来,这孩子是他儿子单位老总的孩子。本来,人家要进艺术馆办的培训班,儿子为解他父亲的闷,倒贴了几百块钱,才把这小家伙叫来跟刘炳华学画画。好在刘炳华有真才实学,老板见了孩子的进步十分满意。暑假一结束,儿子成了单位的主管,工资上涨了七百多呢。

刘炳华不知说什么才好,这世道,他搞不懂的事太多。

借　钱

在学校,人们一旦缺钱,就找李老师借。李老师是大款?不是,是因为李老师有个好儿子,儿子在外地打工,混到了白领,每个月给李老师夫妻寄五百块钱回来。李老师有工资,妻子在乡下种地,这样吃的米呵,菜呵,肉呵,基本不用买了。李老师成了学校几十号老师中最有钱的人。

学校现在的年轻老师居多,他们都不愿住在学校,因为离城区只有二十公里,坐公交车半个小时,骑摩托只用二十分钟。年轻老师们买房,差的就是钱,于是他们把目光盯上了李老师。李

老师呢平时大方,只要同事有困难,有求必应。

李老师在这两年间,陆陆续续借出去了五万多块钱,这也是他的全部积蓄了。

平时不着急,因为用不着这些钱。可是,一场灾难,把李老师打懵了。

他妻子是个勤劳的人,平时除了种地、种田、育猪、养鸡,还扯中草药。本地有一种药叫"云实",是种落叶藤状灌木,多分枝,茎上有尖锐的倒钩刺,最喜欢长在石灰质的岩上。李老师的妻子每年都要扯这种药来卖。想不到,那天她爬上岩,一阵大风,把她给刮了下来,腿跌断了,要不是有个放牛的老头发现,她准死了。

李老师一得到消息,找人把妻子抬上公路,打来120专车,送到城里的百安坝医院抢救。医生说,先交三万,肯定不够,因为要裁肢,还要装假肢,费用大约在十一万左右。

十一万?对乡村的小学老师,成了天文数字。现在他的折子上一万块钱都没有,好在他打电话,亲戚连忙给他送了两万来,凑成了三万。

他想,现在最要紧的是给儿子打电话,凑钱。儿子远在浙江,但儿子接到电话后,一脸的无奈,因为他刚刚买了房子,还借了点钱,没有给老爸说,是怕老爸操心。

儿子说,我给你打三万过来,无论如何要给妈把伤治好。

李老师还能说什么?作为儿子,算是特别有孝心了。

李老师等妻子做了手术,请人护理,就回到学校,现在他要收回他的五万多块钱。他第一个找的是王晓,教音乐的老师。读的是三峡学院音乐系。李老师来,她就明白是要她还钱,可是她没有钱呵,买了房四处欠账。王晓一说,李老师还有什么话说?倒过来劝她别急。

第二个要找的人是黄宏,是体育老师,他借了李老师一万,合伙开了个健身房。黄老师说,我现在只有三千块钱,要不你先拿去,我尽量想办法。

李老师只好接下三千块钱。

第三个人是姜东,他妻子有精神病,已多次向李老师借钱,一万五左右。李老师为难了,他真不好向姜东开口。倒是姜东主动说,他想办法还他八千,明天准时拿来。

第四个人是教语文的刘老师,李老师刚开口,刘老师说,李老师,您别说了,我知道你的困难,但我也没有办法还你的钱,你知道我儿子读研,一年两万块钱学费。

刘老师和李老师平时是最好的朋友,刘老师没有说假话,可是李老师等钱用呵。谁不知道现在的医院,没有钱,绝不会给你拿药的。

李老师只要回了一万多块钱,离十一万差得很远。

儿子的三万块钱倒是打过来了,可是妻子后期的手术是无法做了。他知道,他的同事没有钱,他的亲戚也没有钱。好在妻子是个通情达理的人,并没有生他的气,相反还劝他——花那么多钱干啥?快点出院!

妻子只能拄着拐杖,成了名副其实的瘸子。

李老师从此后人消沉多了,特别是再也不借钱给谁了。那些差他钱的人,见了他倒是有些不好意思,李老师也不催他们还。

日子一天天地过,有钱的李老师,成了学校最不合群的人。

黄风骨

古典文学是分段教授，每位老师讲一个段落，有专讲《诗经》的，有专讲《楚辞》的，有专讲建安文学的，有专讲唐诗的。黄老师，就专讲建安文学。

黄老师叫黄什么？不知道，当时不知道，现在也不知道，因为他是江苏盐城人，一口方言，让我们这些四川学生永远听不明白。

一周四节古典文学课，我们最好打瞌睡，因为黄老师近视，而且坐着讲课，根本不看下面听不听。

我们一学期下来，只听懂了四个字：建安风骨，于是背后就称他为黄风骨。

啥叫建安风骨？风骨遒劲，慷慨悲凉。例子好找，比如曹操的《短歌行》"对酒当歌，人生几何！譬如朝露，去日苦多。慨当以慷，忧思难忘。何以解忧？唯有杜康。"就是经典呵。可是那时太年轻，不懂人生，只知玩乐。所以古典文学课，就是在混。

某一天，辅导员说，黄老师的课停了。

我们很高兴，因为他的课反正不受欢迎。

但接着辅导员说，是学校宣传部叫停的，原因极简单，黄老师刚出版的新书《建安风骨及影响》，里面犯了忌。

当然，黄教授就一学者型教授，叫他停课，他也不多言，成了中文系图书室的资料员，任务是给各位老师寻找书籍报刊。他仍然无悔,做得一丝不苟。

我们接近不了他,但我们的辅导员老师能接近他,因为辅导员是上届留校生,也是黄教授的得意弟子。据说,辅导员能留校,全靠黄老师的大力推荐。要不然一个农民的儿子,要权没权,要钱没钱,哪有这种好事在等他呵。

据辅导员讲,这黄教授,也真是有点霉。

被打成了"右派",下放到农场工作。那年黄老师二十四岁,风华正茂呵。

好不容易平反了,当上了副教授,做了师范学院的老师,还是惹了祸事。

不上课的黄风骨,早上八点到办公室,下午六点离开。好在系资料室就两个人,一个快退休的老婆婆,一会儿去买菜,一会儿接托儿所的孙子,一会儿去拿报刊,资料室就黄老师一个人,来查资料的人也极少,他静下来,继续研究他的建安文学。特别是对曹丕的《典论论文》提出了新的看法,他认为,这不仅仅是篇文学批评,更是一篇政论文章。"各以所长,相轻所短",仅仅是文人吗？官吏更是如此。"常人贵远贱近,向声背实,又患暗于自现,谓己为贤"是官场通病呵。

又过三年,恰逢清除"精神污染",黄教授不得已办了内退。当时系主任、校长都来对他说,你写个检查,就能过关。可是,黄教授拒绝了。他说:死不足惜？何惧退休？主任和校长没有法,只好劝他内退。于是黄教授五十出头,只好赋闲在家。

三十年后,我等弟子也人到中年,才知道黄教授晚境,妻离子散。除了学校分的两间平房,除了六千多册书,一无所有。

他死时谁也不知道,还是送报纸的校工发现好多天黄教授门

未开,好在不是防盗门,而是木质门,一推,居然未反锁。黄教授已死在椅子上,室内唯一引人注目的就一幅字——慷慨悲歌,激越苍凉。

一时间,聚来的老师和学生,无不潸然泪下。

黄教授,用生命续写了建安风骨。

议　姐

宁琦是如何进入千州第二中学的,连她自己也不知道。

父亲是副镇长,母亲是小学教师,出生在这样的家庭,很多事就不用操心。比如宁琦,以她的成绩,考上千州市第二中学,是比较困难的。如果正常发挥,大约离录取线差四十分左右。

宁琦想,读其他中学也不错,比如外国语学校,她就很喜欢。她去那里玩过一次,那儿有十来个外教,而且进校后,常常听到的是外语对话。在这种外语环境中,对外语成绩的提高,特别有好处。

可是,宁琦却被千州二中录取了,她的成绩刚好离二中的录取线差四十分。这几年,好学校有个招,叫议价生,也是学校的生财之道。

宁琦就成了议价生,花了两万多的议价生。

和宁琦同桌的张杨就没有这么好的运气了,他离千州二中的录取线只差三十分,但没有钱读议价,只能就读一般学校——分水中学。

宁琦进校后,最大的感受是班上分成两派——正取生和议价生。正取生们鄙视议价生,称他们为:议哥,议姐。

议姐?宁琦开始没有搞明白,以为是说她有点呆,有点傻的意思。直到有一天,一个男生和另一个叫他议哥的男生打架,她才明白什么是议哥,什么是议姐。宁琦从此更加寂寞,她真的后悔,当初为什么不给父母亲提出坚持要上外国语学校的要求。周末回到镇上,几个初中的同学相聚,特别是和她同桌的张杨,格外的高兴。

在分水中学,张杨的成绩是尖子了,不仅分在了实验班,就是人们俗称的快班,而且还被选为校学生会的学习部长。

张杨的成绩也呈上升势头,在全年级的前二十名内。如果保持这样的势头,考重点,是手到擒来的事。

同学相聚,更加坚定了宁琦的一个想法,她想转学,转到外国语学校去。虽然她知道,转学不易,因为转出的学校不会给你开学籍证明,但她相信父母有办法。

但是,她在父母前一提转学的事,就遭到拒绝。

父母的理由堂皇,在千州这个两百万人的城市,还有比千州二中更好的学校吗?人家是正儿八百的省重点,一年上北大清华的就有十来个,重点大学更不用说了,是几百人。人们说,考上了千州二中,一只脚就跨进了大学的校门。到现在为止,千州二中的升学率是百分之百,这数据是铁的证明。

宁琦争不过父母,只好继续在千州二中就读。

但是,接下来的事,让宁琦有点接受不了。千州二中不补课,也不加课,每天下午还强令学生锻炼身体。可是,老师讲课的速度有点快,稍微反应慢一点的同学,就跟不上。

宁琦就是这跟不上的十多个学生之一。他们向老师反映,但老师说,就这么多课时,只能照顾大多数。

这些学生的家长要求补课,也遭到了老师的拒绝,因为教委有规定,除了高三,是不能补课的,给钱也不行。不是她不努力,是因为在千州二中,就是这么教学的。对议价生,学校重在创收,而没有想法解决这批学生跟不上的问题。

就这样,宁琦越学越难,期末考试排名已在全班的倒数五名之列。这倒数五名,全是议价生。

父母亲希望宁琦能考上重点大学,现在,一般本科生很难找到工作了。"被就业"这个词,大多发生在一般本科生身上。

三年,一千多个日夜,终于结束了。走出高考场地,宁琦长舒了一口气。宁琦明白,她要让父母失望了。

结果还真是的,宁琦只考了四百九十多分,刚好上本科线。

张杨呢?呵呵,六百六十五分,不得了,居然是全区理科第二名,上了清华、北大的分数线。

好在宁琦的父母亲还是理智的,他们说,可以让宁琦再复读一年。

宁琦拒绝了,因为在她明白一个人的成长,更多的是要找到适合于她成长的环境——心理环境和社会环境。

她更不愿再进千州二中复读,应届生把复读生叫"复哥"、"复姐"。

三阴症

林处越来越胖,腰围三尺五,在超市买不到衣裤,只能订做。因为胖系不了裤带,只好像小孩子一样,穿背带裤。

肥胖的林处某天中午在林荫下散步,尽管步履维艰,仍然天天坚持。俗话说,饭后走一走,活到九十九嘛。

林处这天突然发现自己的影子竟比自己的身体还大几倍,整整盖住了一块地皮,差不多有半亩地。

半亩地,老父亲在乡下,要收近千斤玉米呢。

林处心惊,转了几个方向,影子还是那么大,一点也没有变化。按理,影子和光线、角度有关,人一动,影子也会变的。

林处于是打手机招来漆科。

漆科是苗条女人,苗条得腰围只需盈盈一握。虽然仅仅是技校毕业,却因为长得漂亮,颇得林处赏识。

这时候,漆科在午睡。机关的午后,有玩电脑的,有睡午觉的,有读书看报的,有出门逛街的。以前还有偷偷斗地主的,可是现在不敢了,"八项规定",怕呢。

漆科一来,见是林处,有些羞涩,于是就撒嗲:"林处呵,中午也不让人家好好休息哟!"

"这儿来,这儿来!"

漆科到了林处跟前,林处盯着的却是她的影子。

漆科的影子细细的,比人还要瘦,只相当于她的三分之一。

林处更加心惊,于是叫漆科离去。漆科莫名其妙,这死男人,心眼真多。未必就是为了看一下她的影子?影子有啥看的?整个人他都看过好多遍了。对他,自己身上绝无秘密。

吴副来了,吴副不胖不瘦,腰围二尺五,身高一米七二,标准的南方帅哥。

吴副是林处刻意培养的接班人,如果不出意外,几年后,林处退到二线,吴副就会升为吴处。所以,林处的话,吴副当圣旨一样听。

"站这儿,嗯,站到我跟前来。"

吴副虽然不明白林处为啥,但规规矩矩地站着。

林处一看,吴副的影子刚好是一比一。

林处更加不安。于是把机关的人全叫来,一个一个地比影子。最后,全机关只有他的影子奇怪,怪得让人无法接受。

再换地方,比如林处居住的小区,只要他一站,就要留下一大片阴影。

再后来,他回到老家,仍然是肥大的影子裹着他的身形。

林处没有办法平静自己,于是求教于医生。地级市,有三甲、二甲医院多所,可是没有一位医生能说出原因,以为林处的心理出了毛病,可是只要陪林处在阳光下挺立,就发现林处并没有说谎,他真有肥大的影子。医生中有博士,有硕士,有海归,但谁也解释不了为啥林处有这么肥大的影子。

林处听说,北山观有一位道姑,有鬼神莫测之机,前知三百年,后知五百载,打卦算命观相,无一不准。

林处本来是位无神论者,读过省委党校呢,以前对这种传言,一点也不信。可是,这次,他却悄悄地上了北山观,求道姑释疑。

道姑虽然年逾八旬,却鹤发童颜,神仙似的。

她叫林处站在两米开外的太阳下,果然,林处的阴影,就如一片森林。

道姑说:"你得了三阴症"。

林处从来没有听说过三阴症,于是愣在那里。"请仙姑指点。"

"三阴者,心阴、体阴、情阴。何谓心阴?阴者诡也,就是心多诡计。"

林处想,这个社会不诡不行呵,官场如战场,险得很。能光明正大掌权的,极少。

"体阴者,女色也。"

这个不难理解,这些年,林处不仅仅有二奶三奶,还吃女部下的豆腐。比如那个漆科,一起出了几次差,就从普通办事员晋升为中层干部。背后大家叫她漆二,就是二奶的意思。

"情阴,多邪念。"

能没有邪念吗?这世道,大贪小贪,无所不贪。谁也当不了一辈子的官,掌不了一辈子的权,如果不捞,也是白不捞。出事的是"点子低",运气差。不出事,则富贵儿孙。哪还有正常人的情感?为了权和钱,背叛和阴谋,无不用其极。

"三阴相叠,命入鬼门。"

这下,林处怕了。

谁不怕呢?俗话说,用了才是钱。再多的钱财,如果人死了,都是废纸。

"大师,有何解法?"

"散尽家财,剥蚀光环,隐入深山,吃斋诵经。"

做不到啊,好不容易才奔到今天,怎么能放弃呢?

林处满怀惆怅地离开道姑,尽管是六月的天,他的影子却越来越大,差不多有半个山峰了。还未回到家,发现大事不好,怎么小区有警察?

原来,他住的楼失火了,消防兵正在抢救。

他一到,火就熄了,因为他的一大片阴影,带来了飕飕凉气,甚至有阴森森的感觉。

火熄了,可是人们再看林处时,他再没有肌肉,只剩一副白森森的骨头架子。

一点影子也没有了。

林处最后给社会作的贡献,就是本地都市报,刊了整整一个版的头条新闻。

市民们读得津津乐道,而漆科却读得心里阵阵发寒。

我得了梦游症

厂长说,我得了梦游症。

开始我不相信,我活得好好的,怎么会得梦游症?但接着我不得不相信,才38岁的我,厂办秘书的我,有财经学院本科学历的我,硬是得了梦游症。

厂长的例子大家相信。那天,我陪厂长到长江边的一个城市订货,我们厂是生产螺旋桨的,原先是军工企业,隐藏在大山深处,军转民后,我们厂还是生产螺旋桨,只是小型的,给民用船。订货会很成功,因为那家船厂的头儿是我们厂长的战友。那晚喝了好多酒,当我和厂长睡下时,已是两点多钟。一觉醒来,急急忙忙地跑厕所,啤酒喝多了。刚要从厕所出来,我听到一个隐隐约约的声音在轻轻敲门,然后厂长轻轻起床走了,走之前到我的铺位查了一下,然后往厕所里望几眼(我躲在厕所门后)才离开。厂长嘴里还在咕哝:"这小子,梦游去了?"

我迷迷糊糊,厂长一身疲倦进来,倒在床上呼噜噜地打起鼾声。

还是厂长把我摇醒(其实我早就醒了):"小张,快起床,我们得赶回去。"

回来后,厂长逢人便说:小张这小子,啥都好,就是有梦游症!妻子也在我们厂,晚上给我说,全厂的人都晓得我有梦游症,可她从来就没有发现过呵。她说要申明,不然这坏名声会越传越远。我连忙揪过妻的耳朵,嘀咕几句,妻白了我两眼走了。

厂长再次证明我有梦游症,是在那年夏天考察时。

我们坐的是游轮,二等舱,二人间,很舒适。那晚我先看了一阵书,不知不觉就睡了。梦中我听到室内有种男女才有的呼吸声,作为已婚男人,什么声音不熟悉?但我憋不住尿,这是老习惯,醒了就要起床上厕所。我轻轻起床,毅然出了门,而不是上我们舱内的厕所。

月光柔和,泼洒在江水上。我只好对着江心,一注倾射。

我在船舷上整整转了三个小时才进舱,厂长早睡熟了。

不久,我被提拔为厂办副主任。

宣布任命那天，厂长专门请我喝了一顿酒，席上他说："你的梦游症好了吗？"我说："没有呵，越来越严重了。"

厂长嘿嘿干笑几声，说"你小子，你小子……"

不幸的是自从我跟随厂长出差后，每晚都睡一阵就醒，醒了就要出门，至少要溜达半个小时才能回屋睡觉，不然睡不着。我看了几个医院，都说我没有毛病，我也就没有管它。

但我怀疑我真的有了梦游症。

这回，厂长又叫我陪他出差，出站前给我预支了很多钱，这不像是出差，像是要逃跑。厂长推着旅行箱，下了飞机我们就直奔一家五星级宾馆。

厂长洗漱时，把卫生间的门轻轻带上，在打电话。我隐约听了几句，但不明白，好像有"明天""来了""一定"什么的，这类话以前也听得多，也就没有深处想。那晚，一如既往，半夜我醒来要出门溜达一阵才睡得着。

我转到门口，却被门卫挡住。我拿出门牌号，但还是不放行。这时从门卫室出来一个警察，拦住我道："我们是 Q 城（我所在的那个城市）经侦支队的，请配合我们一下！"

不由分说，我到了里间那屋。

我出了那屋，心中十分激动，因为，要不是我有了这"梦游症"，结果……

警察在我的后面，我们冲进屋，厂长还在大睡。厂长醒来时双手已被牢牢铐住。厂长愤怒地喊："是你小子出卖了我！"

我无法辩解，因为警察在打开厂长的密码箱中，找出了三十多本存折，有四百多万元存款，还有两本护照，边境证……最可恨的是在我的茶杯中，他放了一种药，让人永远不清醒的药，就像是永远在梦游。

我回到家,大病一场,但从此我每晚一落铺就睡到天亮,再不起床了,连晚上要撒尿的习惯也改掉了。

我告我行不

当警车开进局机关,呜呜的叫声让所有的人都停下工作,或将头伸出窗口,或跑下楼看热闹。

我戴着手铐,从容地上了车。尽管我没有回头,还是感到背后的许多惊叹,许多惋惜,当然还有许多幸灾乐祸。

我进去了。最高兴的人是他——乜局长,准确地说是乜副局长,毕竟上级还没有下文任命他为我们这个机关的一把手。

我得介绍一下我是谁了,我是我们这个机关的副局长,而且排位第一。我的能力、关系和人品,都有可能成为正局长,因为老局长上个月已光荣退休了。上级在没有任命一把手前,让我暂时主持工作。这时候,也是副局长的乜德斯在拼命跑关系,谁不想当一把手呢?鸡头凤尾,哪个心中不明白?何况我们这个局是管钱的要害部门。

乜德斯绰号"捏得死",心狠着呢。我俩同僚,长期是唱反调,我说东他说西,我说喂鸭,他就说宰鸡,有时气得吐血,但也没有办法,因为他的后台老板——他的舅舅是我们这儿的大官,管着我们的乌纱帽。

我进去了。因为我有经济问题。于是查账的班子迅速组建起来。当然他们都是些专家了,要想躲过他们的眼睛几乎是不可能的。

这一查就是半年。

这半年乜德斯还是副局长。只是听说他要当局长了,因为没有人和他竞争,还有什么摆不平的呢?何况他还有那么大的靠山。

这半年,我几乎在与世隔绝中度过。

当我再走入社会时,一样的是小车来接,只是不是警车,而是上级派来的专车。

我又回来了,回到单位,走进乜副局办公室。

乜副局长睁大眼睛,那时的反应,绝对比见到鬼还恐怖。

乜德斯说:"马——马局——"我笑了,相信一生中能这样坦荡,这样从容地笑,绝对不多。但接着警车又呜呜地开进来,乜局的脸上又露出笑意,他在想,肯定是又将我抓回去。

警察,而且还是局长带的队,来到乜德斯的办公室。

乜德斯高兴得嘴都合不拢,忙道:"你们在会议室坐,我马上派人安排饭!"

带队的局长说:"乜局,不必了,我们是来……"

乜德斯道:"我知道,马局的问题。"

带队的局长摆了摆下巴,然后:"我们是……"示意随从出示逮捕证,上面赫然写着的是:乜德斯。

这次乜局的脸比死人的脸还难看,嘴上"啊啊"地叫着。

乜德斯进去了,而我官复原职,不出一周,就被任命为我们局的一把手。那些员工们真是在雾里梦里,不明白。

为了安定职工情绪,我请上级主管领导来专门讲这件事。

原来,我和乜局竞争最激烈的时候,上级收到一封信,反映我有严重的经济问题,于是我被双规了。

但查来查去,我不但没有问题,反而是乜局将一笔1000万元的资金弄得去向不明。

再查,原来这笔钱乜德斯以给局机关创收办实体化为己有了。

当然结局就是这样的。只有一点领导和同志们都不明白:这信是谁写的？大家一定猜是乜德斯,或是他的同伙。

大家错了,这信就是我,我把自己告了。因为只有这样上级才会来查处。如果告乜德斯,凭他上头的关系,就会大事化小,小事化了。

我告我行不？

寻找李世民

这天,我受组织部委派,到文广局组织一次民意测验,他们单位差一位副职领导,拟在本单位中层干部中提拔。这次,根据组织人事制度改革的需要,不搞领导推荐,不搞上级先定调,而是由单位群众推荐,组织考察,最后常委会拍板。我只是个主办科员,因此我没有决定谁命运的权力,但要搞好这次测验,这是我的本职工作呵。

那天到会的共有五十一人,除了一人出差,两个人公休,三人病假外,其余全部到场。局长也是党组书记,由他主持会议。我讲了组织人事制度改革的意义,以及要注意的事项后,就由我带的助手和局党办主任负责分发选票,其实就是一张白纸。要求在上面写上被推荐人的名字,一票只能写一人,否则作废,得票多的人再由组织部门考察。

事情进展得相当顺利,不到十分钟,全部票收回,当场封存加密盖印,然后就坐车返回。回去后,我和助手当场将票锁进保险柜,等我们科长出差回来,请示他后再作决定。

五天后,科长回来一上班,我和助手就汇报了这件事。科长是个很认真的人,叫我们把选票拿出来,三人现场清点。共发出选票五十一张,其中填写两个人名字的五张,应作为废票,有效票为四十六张。我叫助手记"正"字统计。结果各得一票的有十人,各得三票的有俩人,各得十五票的有俩人。得十五票的俩人,一个叫胡蒿,一个叫李世民。这下问题就简单多了,就由组织上考察这俩人,考察的任务仍由我和助手完成。

想不到的是,文广新局却没有李世民这个人呵。局长说,李世民?这可是唐代的人呵,怎么会在文广新局?局长叫来人事科长,叫他查清单位是不是有人叫李世民。

科长是老人家了,五十多岁,当了多年的人事科长,没有提起来,因此心里极不平衡,嘴上嘟囔道,他叫李世民,我叫李渊好了。当然,工作他不干也不行。我们坐在局长办公室喝茶,半个小时后,人事科长拿着个本本来了,他戴上老花镜,指着本本说,我们单位在职干部中,有个叫李酾民的,是个女的,三十九岁,在后勤科任副科长。因为那个酾字太难认,大家习惯上就写作李世民。

原来是这么回事呵,看来局长平时不了解群众,这么几十号人,也搞不清楚。科长知道,只是他不当场说破,算是给局长留面子吧。

一调查,才知道李酃民毕业于地区卫校,不知通过什么关系,进了文广新局,因为不懂业务,在后勤科做办事员,后来才作了第二副科长,在单位并不起眼,怎么会推荐她呢?人也不漂亮,年纪快四十了,这下让我为难了。我在电话里向科长汇报遇到的麻烦,科长说你就开个小座谈会,多调查一下嘛。

这一调查,又出现了新情况,文广新局的一位同志讲,当年李酃民在一家医院当护士,当时区上的一位领导住院,李酃民精心照料,领导很满意,他出院时问李酃民有什么要求,她说只要不当护士就行。领导果然把她调到广播台,后来就进了局里做后勤工作。

胡嵩的情况一下就调查清楚了,原来他是个在单位拉帮结派的好手,常和一些人吃吃喝喝,不学无术。他得了十五票,是因为他哥们儿多,并不是因为他工作能力强,品质好。

最后,把情况汇报给部里,部里汇报给常委会,不久李酃民荣任文广新局副局长,我听我们部长说,常委会上大家一致同意呵,因为现在的女干部真的太少了。

文广新局的党办主任因为这件事,和我成了朋友。

某个周末,他约我出去钓鱼,两人中午在农家乐喝点小酒,酒至半酣,他悄悄说:"马科(我只是主办科员),你知道为什么大家填李世民吗?"

我说,不就是大家不会写那个怪怪的"酃"字么?

党办主任直摇头,不是,不是,是因为那段时间电视台正在播

放电视连续剧《秦王李世民》，本来机关的人认为搞啥子调查呵，民意测验呵，全是扯淡，不过是遮人耳目罢了，上头早定了的。因此大家就开玩笑填了个李世民，想不到你们查在了李醽民头上。

我一下说不出话来，只好叮嘱他话到此为止，天知地知，你知我知。

不知当了副局长的李醽民知不知道？反正这事儿在我心里永远憋着，十分难受。

谁是领导

一行四人，到南方美丽的城市厦门度年假。

沿着滨海大道，在夜幕和灯光下，他们兴奋不已。因为他们来自三峡库区，从小看惯的是绵绵的群山，汹涌的长江。这大海，只是在电影和电视中见过，何况隔着窄窄的海峡，就是有名的鼓浪屿，再远一望，就是大陈岛和金门岛。只是它们隐在深深的夜色中，看不见罢了。

一行人晚上吃的是海鲜，来厦门不吃海鲜，不是白来了吗？这儿的海鲜才配得上一个"鲜"字，都是当天从海里打捞上来的，或是养在水里的活物。吃了多少？不知道，他们还喝一种叫金门烧的酒，是从金门运来的，六十多度，内地早不见这种高度酒的踪影。他们喝了多少，其他三个人都不清楚，只有一个人知道，他是老谢。

老谢其实不老,才五十岁,只不过脱发早,头正中早有一片光生生的白地,于是从三十多岁开始,人们就称他为老谢,谢顶嘛,他本人的姓名倒是被人们忘了。老谢是没有资格来这儿度年假的,其他三人,一个是局长,一个是副局长,一个是财务处长,只有他是局里的打杂人员。局长为什么带上他?他也想不明白,平时局长见他从不抬眼看的,仿佛单位就没有他这号人。局长本来打算带一名年轻的女下属来,但女下属却在临走前的一天晚上出了事,她老公把她给打伤了。究竟为什么老公会打伤她?老谢不知道,临时稀里糊涂的,就上了车,连换洗的衣服都没有带。财务处长说,带什么?买两套不就行了?这样的美差轮到你,还有什么想的?

老谢一想也是。在机关工作这么多年,好事从来没有轮到过他。这回是天下掉下个林妹妹,不玩白不玩。

一路上所有的杂活他包了,买票呵、订饭呵、提水呵、找宾馆呵、提包呵,任劳任怨。但心里那个乐呵,你想光参观一个"海底世界",门票就是一人一百八,这趟差他一人会花掉多少公款?现在老谢才感受社会主义的优越性。

老谢本来就不饮酒,何况仨领导在场,他也不敢饮酒。因此三个醉得一塌糊涂时,只有他是清醒的。结了账,准备打车回宾馆,可是局长不干,一定要看看厦门的夜景。另外两人也闹着要看,老谢本来就做不了主,只好扶着局长,另两人相互掺着,来到大海边。

倒不担心掉进大海里,因为厦门的海滨做了高高的围栏,安全着呢。

鼓浪屿灯火星星点点,倒映在海面,就给人们一个幻想的世界。

海风吹拂,局长仨人忍不住哇啦啦地吐了一地,臭味一挥发,晚上散步的人们顿时捂住鼻子,有的人迅速离开,踉跄而去。

老谢一脸的尴尬。这时,来了个戴红袖箍的老太太,一脸的严肃:"你们谁是领导?你们谁是领导?"

那仨个人仍然呕吐,根本就没有在意老太太问什么,唯有老谢听得明白。

"领导?你找我们领导干什么?"老谢下意识地问。

"干什么?你们在这儿乱吐秽物,罚款,还要在这打扫两天的卫生才能走。"老太太说话时很严厉,绝对像个冷血判官。

"那我就是领导吧!"老谢只好这样说。当场交了罚款,把收据装在包里,心想等领导酒醒了让他签字报销。

第二天,老谢没有去鼓浪屿,不得不在那儿扫海滨的街道,他的身份证还押在老太太手里呢。

但他心里也没有什么不舒服,毕竟他这趟美差是捡着来的,因此他边扫还边哼着歌,尽管这些歌调,没有一句是准的,但他不在意,面对身边匆匆而过的行人,脸上带着笑意。

回到单位,他才想起来那天罚款的事,于是瞅了个局长有空的时候,悄悄进去,小心翼翼拿出那张罚款单,然后道:"局长,请您签字。"

局长戴上老花眼镜,认真地看着罚款单,然后说:"你怎么随地乱吐?在这大城市,不是太丢人了吗?"

"局长,是这样的……"

老谢不得不讲起那天的事,局长红了脸,但当他听到老谢冒充领导时,勃然大怒:"好你个老谢,都老职工了,怎么能冒充领导呢?"

老谢愣在哪儿,不知说什么才好,心里想:那种情况下,哪个乌龟才想冒充领导。但老谢能争辩吗?他只好像个犯了错误的学生,任老师责骂。

老谢很快就为他的错误付出了代价,才五十的他,被领导确认为"精神上有点儿毛病",被迫内退了。家境不好的他只好在街上摆个地摊,卖点旧书、杂志,以补贴家用。

有一天,他碰上了财务处长,财务处长是个书迷,爱转旧书摊,因此和老谢的关系比在单位时好得多。老谢通过财务处长的嘴,才知道局长为什么发那么大的火。

原来,某副局长觊觎他的位置,多次冒充他的手迹签字。

老谢的那次冒充领导,局长以为是某副局长授意的。

老谢哭笑不得,要知道是这个结果,那两天大街让这局长去扫好了。

傍晚敲门的女人

菊和松紧紧搂在一起,松还感到菊在发抖。

"都是那该死的敲门声!"松心中暗暗地骂道。

这是一幢才完工的住宅,因为偏僻,买的人不多,房主就把暂无人住的房子出租。这时,松想与其和菊偷偷摸摸地去宾馆开房,不如租一套房子划算,况且这旮儿,相信妻子做梦也找不到。

菊是松的部下，松是一个行政机关的后勤科长，权不大，却实惠，因此在机关当出纳的菊经不住松的三次饭局，就红杏出墙。

　　菊的丈夫被派到西部支边，菊一年去休一次假，其他时候都是独守空房，刚新婚几年的她确是寂寞难耐，这时松让她体会到女人的快乐，何况松花钱比丈夫大气多了，每天光是吃饭都要上千元。菊长得像林青霞，当年好多人追她，她都没有答应，就是想找个有钱的，因为她家太穷了，小时三代六口人住三间屋，长到个大姑娘了还和父母亲同住，穷怕了，想只要有钱，嫁个残疾人都行。追她的人都帅，就是没钱。结果，菊还是嫁给了一个穷人，心中永远就有种永远的失落。松就是在这时闯进了她的生活。

　　他们住进的第一次是个下午，下班后两人躲过众人的目光，打车到了这隐秘之处，进屋便是一阵拥抱深吻，然后迫不及待地撕扯对方的衣衫，才入巷，门便被"咚咚咚"地狠敲起来。

　　开始他们不管，可敲门声不断，弄得两个人很不爽，毕竟做爱也需要好环境好心情。不得已，松提上裤子，悄悄走到门后，从猫眼一望，敲门的是个妇人，四十来岁，看起来保养得不差。松不认识她是谁，正想问时，她突然不敲了，转过身长叹息，悠悠离开，走的姿势很优雅。

　　松再回到菊的身边，两个人都没有了刚才的火热，菊担心是不是松的妻子发现了，松更疑心这是不是陷阱，只好草草收场，不欢而散。

　　第二次使用这屋，是个周末的黄昏，松借口要陪上级来的客人，私下来到这屋。他前后左右地观察，没有发现什么不正常，才打电话叫菊来。菊因为孩子小，好不容易让保姆把孩子哄好，才匆匆来赴约。这时松早做好了准备，洗好了，在床上赤裸裸地等待。俩人这次并没有急急忙忙上阵,而是等了好一阵没有发现任何异常才相拥而眠。俩人兴致才起,又响起了"咚、咚、咚"的敲门声。这回,俩人紧张得说不出话来,好一阵才喘过气。松是男人,挺着胸裸着身到门后,一瞭望,还是那该死的女人。女人敲了一阵,又是长叹息一声,轻轻离去。

松不知怎么办才好,两个人的这次约会成了两声无奈的叹息。松心想,我一定要查出这女人,是鬼都要拉出来亮亮相。因此,每天下午工作一完,便打车到这个地方来,躲在屋中,看究竟是何方神仙。可结果令他失望,每次他都没有发现这敲门的女人。于是第二周的某天傍晚,他对菊说:"没事了,那妇人再没有出现过,你来吧!"

菊兴高采烈来赴约,俩人进屋后便拼命"折磨"对方,比新婚夫妇还激动,松正要到达顶峰时,"咚、咚、咚",根本不是在敲门,而是在砸门了,害得松活生生地把激情憋回去。气毛了的松顾不了往日的斯文,用毛巾被将躯体一裹,就去开门,可惜他一扯开门,那妇人已下了楼梯。

松和菊已被吓怕了,就是倒给他们钱也不敢再使用那屋。就在松退房那天,正准备离开时被几个穿制服的人拦住,直接"请进"检察院。松开始还挺嘴硬的,但当一段录像放映后,他乖乖地交代了,录像中有那个女人每次敲门的镜头,难道她是便衣侦探?

办案人员告诉他:"这是个女疯子!"

这下轮到松目瞪口呆,说不出话来,后悔为什么一下就交代了他贪污的事,原来他们什么也没有发现呵!

这是女疯子? 是真的。事情并不复杂:这女疯子先前并不疯,还是美人呢,她的丈夫,也就是这幢楼的开发商,楼还修到一半时,她发现了个秘密,就是松租的那套屋,好多次的傍晚都会钻出个女人,丈夫每次都恭恭敬敬地给女人钱,女人并不耽搁,拿上钱匆匆就走。

这是什么人？妇人读过高中,文化不低,悄悄一查,真是不查还好,一查不得了,这拿钱的女人是主管基建的副市长包的二奶。妇人问男人,男人打死也不承认,妇人气疯了,于是凡有女人进这屋她就去敲门。

松"啊"的一声,瘫倒在地。

"那你们为什么抓我呢？"

"事情简单得很,副市长被双规了,但找不出什么过硬的证据,我们想在那儿守株待兔,说不定那屋还会出什么稀奇,可等来的是你,我们还以为你是给副市长来交接什么的。"

松哭笑不得,真是命有灾星呵,那么多空房为什么偏偏选上那间呢？等待他的是一生的后悔。

菊好像什么都没有发生过,不久又探亲去了。

机器人局长

我们局是重灾区——连续三任局长,都进了监狱,全是经济案。这也难怪,我们局一年管理的资金,最少三千万,最多上亿。全市所有的公路、高速路、公路桥梁及其路旁绿化,都由我们单位负责。

现在,上级派不出人来。一则是肥缺,盯上的人太多。二则是困难,"前腐后继"嘛。正在上级为难的时候,位于我市的NB大学,推出了智能机器人,除了没有人的基本生理功能——吃、喝、拉、撒外,其他功能全有。其智力水平,超过正常人的50%。市领导听说后,挺高兴的,既然智能机器人这么好,派他个局长干干。

事情还搞得正儿八经的,市委组织部干调处长,来到我们单位,召开全体职工大会,正式宣布这个叫"NB郎"的机器人,担任我们局的一把手,同时为了保证组织领导,任命现在主持工作的副局长,担任党组书记。我们吃惊,难道全市就找不出个局长,硬要个机器人来当领导?

当然,我们只能在下面嘀咕。会后,大家私下都有种好奇,这机器人局长,如何开展工作?

召开局务会,研究如何分工。

"NB郎"端坐在小会议室中间,还摆上一杯茶。我做记录,我是局办秘书,副科级。主持会议的是局党组书记,先说套话,热烈欢迎"NB郎"到我单位工作,我们一定积极支持,坚决服从领导等等。这是不可或缺的废话,不说不行,尽管面对的是个机器人。

现在请新局长"NB郎"同志讲话。

参加会议的,有副局长,副书记,工会主席及办公室主任等。

大家以为这机器人,可能会做事,比如现在一些采矿,就是机器人,讲话,行吗?哪知人们还在猜测,"NB郎"就开讲了:

同志们,大家好。

我想，大家一定有很多疑问，不过我没有时间解释。现在我讲三点：一是所有财务，我不签字，分管副局长签后，由局长办公会审议；二是所有干部任命，我不推荐，由全局职工投票产生；三是从今天开始，所有接待，在本局职工食堂进行，标准按四级，中央、省部、地市、地市以下分等接待，但最高标准为每顿餐不得超过一人一百元，对口陪客；四是工作按过去的程序办理，暂不变动。如果大家没有其他意见，散会！

声音清楚、洪亮，标准的普通话，像电视里的播音员一样。

接下来，我们局的工作，十分顺利。

一是会少了，或者根本不开会，以前一周5天，至少3天在开会；二是工作的程序简单了，自己分管的事，联系的事，只需要向主管领导请示就行了；第三是接待经费直线下降，以前全年不低于100万，每月不低于8万，现在每月最多2万。

当然有人不高兴了。比如后勤科长，以前单位的设备设施，由他们科说了算。现在不行了，先造价格表，然后分管领导签字，然后局长办公室研究，这时，"NB郎"局长会指令我到NB学校，找某个教授，拿回一份价格表。回来后核对，如果相差太多，就得重造，如果价格差不多，就在网上公示招标。

后勤科长就成了办事员，一点权也没有了，别说请他吃饭、洗澡，连烟都没有人给他装。

还有人更不高兴，就是党办主任，以前中层干部的提拔、调整，他是第一关。现在呢？谁也不尿他，因为干部采用直选，尿他做啥？他就一票呵。这人很失落，白天无事，晚上打麻将。有一天上班打瞌睡，被人举报到网上，看，公务员多好，上班可以做梦！

如果是以前的做法，就花钱去买通网站，删了。

可是"NB郎"局长不一样,他让这个帖子继续挂在网上。

市纪检委一查,党办主任,就地免职。

机器人局长一当就是半年,我这个局办秘书很少能见到他。

年底了,我们局这个重灾区,被评为市里的先进,原因有几点:一是工作极有起色,以往的工作,常被拖拉,现在定时完成;二是办公经费直线下降,主要是接待费,这个半年时间,总共才花7万多接待费;三是人事纠纷少多了,以往为一个中层干部位置,或是局里的副职,有行贿的,有色贿的,有背后告密的,现在一概没有了。

"NB郎"局长要走了,全局职工恋恋不舍。

这时,又是那个组织部调干处的处长来我们局开大会,他说,同志们,你们局这半年的工作,受到了市领导和广大市民的充分肯定。现在我请出真正的局长——众目睽睽下,登台的是一位佝偻背的老头儿,一脸的皱纹,一头的白发。

处长继续说:他是NB大学社会学院的教授,"NB郎"局长就是按他的指令工作,这是他的科研课题——反腐机制的另类思考。

大家恍然大悟。

我们盼望着新局长,又怕有新局长。

因为,如果"NB郎"局长不是机器人,他面对金钱,美色,美味,会拒绝吗?

村主任的保证书

八月,天暴热,加上心里焦急,更感到热。自从儿子福娃接到大学录取通知书,胡艳就没有一刻不在发愁。光学费就要五千五,还有生活费呢,家里卖了不少东西,还是差得老远。

一大早,胡艳起来还在洗脸,一直在天坝里劈柴的老公长顺说:"把家里的玉米再晒一遍,过两天背到街上卖了,给福娃缴学费。"

胡艳说:"家里就那点粮食,全卖了,吃啥？我这就借钱去。"

她嘴里说着,心里并没有底。他们住在大巴山深处,是全国有名的老、边、穷地区,全国最出名的七十二个国家贫穷县之一。他们村又是全县最偏远贫穷的村。全村至今还不通电,公路也是才修通。亲戚穷,谁也没有积蓄,找人借也找不到地方。

全村能借钱的,除了他,没有别人了。这人就是村主任权安。村主任是一个能人,承包了村里的堰塘养鱼,承包了村里的漆山,还买了辆小长安车拉人载货,哪行来钱干哪行。听说,他家在城里都买了楼房。

想到是权安,胡艳的脸"腾"地红了。没有法,只好这么办了。整个早上胡艳都在那块破镜子前照来照去,连换了三件衣裳,对镜子把衣裳扯了又扯,还是不满意,但实在没有衣服可换了。最后穿件青色短袖衫出门,这件还是他当姑娘时的衣服,已好多年没有穿。

　　走在路上她还想,村主任不会不念旧情吧,想想那还是十几年前的事。

　　十几年前,她还是一个漂亮的少妇,刚刚嫁到这儿来,很多人都说她一朵鲜花插到牛粪上,嫁给木头一样憨的长顺。她为这个闹过哭过,可她爹就认这个死理,说山里人老实才是本分,油头滑脑的看着不放心。娘抹着眼泪说,女人就这个命,嫁鸡随鸡,嫁狗随狗,嫁个扫帚抱着走,谁叫咱们是女人呢?

　　咳!从前多鲜活的身子啊,一转眼身上就鼻子不是鼻子,眼不是眼了,岁月无情啊。眼角的皱纹,都成小河的波浪了。

　　想想村主任还是一个蛮不错的男人,有文化,是全村唯一的高中生,做那种事也不那么毛手毛脚的,可轻可重,实在是一个不可多得的人,这也是自己当初没有告发他的原因。

　　那一次她正在山坡上撵羊,想不到村主任扑上来,一下就把她按在了草地。她又羞又急,乱抓乱挠,把村主任的脸都抓破了,最后他说,长顺嫂,只要你放过我这次,以后有什么事,我一定会帮忙的,求你了,我给你写保证!

　　既然他写下那就收下吧,想不到今天还真的派上用场了。

　　是村主任一人在家,他客气地说:"长顺嫂,今天怎么有空过来,稀客啊,稀客啊。"

　　都到这个分了,还有什么张不开口的?借钱的话一出口,屋子里就沉寂下去了。

　　村主任连咳嗽几声,说:"喝茶,喝茶!"

　　胡艳哪有心思喝茶。她说:"村主任,你也知道我们那个家,我要是有一点办法,也不会让你为难,福娃马上开学了,学费还差

一大截。琢磨几天,我也只好厚着脸皮求你了,以前你也说过,有事找你啊!你不会忘记了吧?"

村主任沉默了几分钟,深吸了一口烟,吐出来的烟雾,在眼前飘散。他下定决心地道:"好说,好说,明天你就来取吧。"

晚上,煤油灯发出暗淡的光,把房间照得影影绰绰的。村主任能把钱借给咱?长顺满脸的不相信。她生气地翻过身,背对着他,嘟囔道不信拉倒,明天我把钱拿来,看你怎么说。

钱一沓一沓地放在桌子上,发出荧荧的光,把她的眼都闪花了。胡艳忙道:"谢谢村主任,谢谢村主任。"

村主任面无表情地说:"纸条呢?"

她窸窸窣窣地从口袋里掏出已经泛黄的保证书。递过去,村主任看一眼,划了根火柴,一缕青烟,他的手中就空了。然后就听村主任说,今天真不巧,我还得把提留款送到乡里去。说着就把桌子上的钱装到提包里。

胡艳愕然地问:"那借给我的钱呢?"

"不巧啊,家里的钱都被他二姨借去了,这是提留款,哪能随便动,我实在帮不上忙啊!"

她愤怒了。

这时,一个沉闷的声音响起,村主任慢慢地倒下了,胡艳抬眼一看,是他的老公长顺,他什么时候来的?

长顺用一根木棒,劈头砸在村主任的头上。两口子去乡派出所自首,因为他们以为是村主任被砸死了。

村主任悠悠活转来,赶紧朝长顺家跑。结果,还没有跑拢,就被乡派出所的人"请"去了。

不过,因为没有借到钱,福娃还是没有读上书,不得不到南方打工去了。这个全村第一个考上大学的人,就这样结束了他的大学梦。

稻草人参选

黎阳举着稻草人,走进会场。

黎疯子,你干啥?

村民组长笑着问。这黎阳疯疯癫癫的,读过高中,没有考上大学,回到农村,一样也干不好。没有手艺,因为要照顾年迈的母亲,又不能去打工,说话也半文半白,和本地村民尿不到一壶,于是大家叫他黎疯子。可是有一样,大家还真服他,就是他家订了一份报纸,重要的政策,不向他咨询还不行。

我来参加选举。

今天是选举日,每村都在选村干部。村干部是直选,每个村民都有权参选和被选。本来打工的人多了,留下的就是些老人、妇女、儿童,来参选的人就不多。

你来参选,举个稻草人做啥?

我选它当村主任呵。

这一说,大伙就围了上来,一则农村人好热闹,二则对现任的村干部,村民普遍评价不高。别的不说,就一年村里五六万的接待费,村民们的意见就大得很。还有,林地补偿,村企业上缴利润等等,看起来公布了账目,但没有一个人相信,村里不但没有结

余，还倒欠十几万块钱外债。像超生的罚款，现在叫社会抚养费，村里是有分成的，也是从来没有入过账。

选它？它是人吗？

黎疯子本来就有点人来疯，你越说左，他肯定要争右。于是黎疯子讲开了，这稻草人当村干部，肯定能当好。一是它不贪吃，省了接待费。二是它不贪色，不会把上级给的好处，拿给相好的。听了这话，大伙脸上都乐，因为，现任村主任，差不多上面来的好处，都要给他的相好冯菲菲一份。冯菲菲并不是未婚女，也不是寡妇，因为长得风骚，勾上了村主任，白得了很多好处，她男人就睁只眼闭只眼。三是它不贪财，绝不会多占多拿一分。

可是它不会领导呵？

现在要谁领导？你种玉米，要村干部来挖地？你去城里打临工，要村干部介绍？你去做小生意，要村干部陪着？你去放羊，要村干部来扯草？

大伙一想，是啊，现在包产到户了，生产上的事，全是各家自己决定。村里的公益事业呢？比如修路，比如垒堰，比如建厂，这些年，就没有好好搞过。

于是大伙开心笑了，这一笑，会场显得轻松起来，本来村里的选举会，从来就是闹剧，没有正儿八百过，为啥？因为每次上面都是定了人，然后把大家当木偶，举举手。

村支书老了，快六十了，说话也不关风。

乡里派来协助选举的民政干事呢？是才考来的大学生，根本没有工作经验，这不，村支书讲完话，就让大伙竞选。

现任村主任说得慷慨激昂，但大家就是不当回事，已两届了，大伙听他的豪言壮语如同放屁。

但没有人和他争,因为,现任村主任的叔叔是官,是县农发行的行长。

冷场了,大家把眼光盯着黎疯子,你娃在下面说得白泡子翻,咋不敢上去露一小脸?

黎疯子还真的上了台,手里仍然举着稻草人。

村支书有些不解:你,也来竞选?

支书,不是我竞选,是稻草人。

本来就些冷场,有些混乱的会场,响起了一片欢呼声。

让它选,让它选。下面有了呐喊。

黎疯子说,选它,不会多吃。选它,不会多占。选它,不会多拿。乡亲们,你们说对不?

对!对!对!掌声雷动。

选举的事,只好停下来,村支书说,这是几十年来,村里出的大事。

当然是大事,因为,村里也是第一次,让人这么痛快地说了话。

被憋死的男人

发现张三死的时候,领导正在考虑提拔他。

张三年轻,又有大学文凭,工作认真,深得领导信任。他怎么就会死呢?据他的女朋友说:从今年国庆值班后,往常很快乐的

张三就成了闷葫芦，没有多的话说，再怎么问也问不出来。

警察搜查了张三的卧室，没有得到任何有价值的东西。

张三的身上也找不到被外力侵犯或毒害的伤痕。

所有人都沉闷了，一个好端端的青年，就这样死了，真不知为什么。

就在警察准备结案时，一个意外又让大家惊诧——张三生前好友李平善说：张三是被害死的，是被一个秘密害死的！

警察当然不能谁说就听谁的了，得有证据。

李平善说：当然有证据。他来到刑警队，打开电脑，上了QQ，点出已经灰暗头像的"纸上磨箭"，然后调出和他的聊天记录，真相就展现出来。

国庆长假的第一天，本来不该张三值班，是另一个姓刘的人值班。因为刘同志要陪妻子到红池坝旅游，就请张三代劳。

张三是个随和的人，反正是单身汉，父母又隔得远，就答应了刘同志。

值班其实很简单的，一般都没有什么事。有事能处理的处理，不能处理的给领导打电话。有电脑，有书，有电视，时间也好打发。

那天下午两点多钟，张三在值班室小睡了一会儿，起来洗脸，这时走来一位打扮很时髦的女郎，嗲着声说："找一下你们的陶局长，行吗？"

"你是他的什么人？找他有什么事？"

张三很客气，对任何人都如此，何况对方还是个美丽的小姐呢。

"陶局长一家人外出旅游去了，好像是到黄水。你有什么事给他打电话,或等他回来了再来,行吗?"

"没有什么事,我只是想送给他一封信。"

"那好吧,你把它放在这里,我负责转交!"张三是个热心人,热心人当然被女人口头表扬了一下。

在值班室百无聊赖的张三,对那个信封突然感起了兴趣。一个漂亮美眉给局长送的信,本身就是一种诱惑呵。

"那里面是什么呢?"张三年轻,年轻的张三充满了好奇心。在心里打了千百次鼓之后,张三还是拿过了信封。用手一捏,好像是照片。这更叫张三好奇了,于是又在心里打了千百次鼓后,张三决定开启信封,反正值班室有胶水,看了粘好,再放到国庆长假完,当面交给陶局长,谁会知道?

张三用小刀小心地把信封开启,"啊,我的天!"张三不得不大叫起来。原来是一沓黄色照片。男主人是陶局长,女主人就是那送信来的美眉。照片一共五张,还有一个小字条:姓陶的,老娘不是你想玩就玩,想丢就丢,你不给我50万,我就把这些照片给你老婆,给纪委,给监察局。没有落名字,也没有落时间,但这事憨子也晓得是怎么回事了。

张三傻了,想不到平时在会上冠冕堂皇的陶局长,也是一肚子男盗女娼。

但从那天起,张三就萎靡不振,因为他不知道该不该交这封信。如果他交了,陶局长一旦怀疑他看过,知道了其中的秘密,那一定死定了。

如果不交给姓陶的,陶局长没有及时处理这件事,那美眉发作起来,事情闹大了,陶局长必然晓得张三收到过这封信,那结果不是死,而是死得很难看了。

当然,还有种方法是交给纪委或监察局,但万一走漏了风声,结局一样不妙!

张三是农村的苦孩子,读了大学,能分在机关工作,那是祖坟上长了弯弯木,不知好多代人修来的福分。如果丢了工作,回到大巴山的老家去吃红苕、洋芋,这书算是白读了。

这张三不知道怎么办,就在网上向他的好友李平善讨教,可惜李平善也是个老实人,也不知道怎么办才好。

他们聊了近一周,还是没有想出解决问题的办法。这事肯定不能再拖下去了。

这事发生的第八天,张三果然死了,没有外伤,没有内伤,这是怎么死的呢?

警察说不出来,还是李平善说得明白:"怎么死的?这还不简单么?憋死的,让这个秘密憋死的!"

不管你信不信,警察居然按李平善的说法结了案——张三是被一个秘密憋死的!

张三死了,那个秘密就公开了,陶局长进了他该去的地方,因为那个女人是他包的二奶。为此,陶局长贪污了上百万的公款。当然那个女人什么也没有得到。

李平善给张三立了个墓,上书:好友张三,一个被秘密憋死的男人。

集体哑巴

单位不大,权大。有多大的权?可以这么说,你想搞开发,你想上项目,你想建厂,没有他们签字,绝对不行。何况这个单位的签字,伴随的往往是百万千万的国家资金投入。

所以,这个单位的办事员,比其他单位的科长权大。科长,比其他单位的局长权大。局长,比区里的副职权大。别的不说,他们领导的住宿区,是集体团购的别墅群。至于花了多少钱?这个保密,外人永远不知道。

这次,上面来硬的,派来了巡视组。

所以头天区里的领导,就把单位的班子所有成员叫去"打招呼"。

区里领导一脸的黑色,比戏台上的包公脸还黑。这事儿捅大了,据说省里的主要领导发了话:严查!

区里的一把手二把手,肯定要负领导责任。所以他们没有一句好话,骂得这群人狗血淋头。尽管这群人对区里的贡献也不小,一年从京城省城弄回的钱,是 N 个亿。

区里的领导说,不用查,家家住别墅,集体腐败!你们的工资能买别墅?哄鬼吧。

回来的路上,大家唉声叹气。

一个叫路青的,在班子里位居老幺,办公室主任,党组成员。

他说：这样好不好，我们集体吃药，全部变哑巴，看他们如何调查？

单位一把手说，我们哑了，可职工没有哑呵。

路青说，这有何难？我老婆是医生，听说她那儿有一种进口药，吃了变哑不说，还能传染，只要让对方吸一口哑巴吐出的气，马上变哑巴。

能医吗？

据说，现在还只有药，没有解药。

一把手高兴了，二把手高兴了，三把手高兴了，班子所有人都高兴了，于是他们也不回单位，找个茶楼先坐着。派路青去弄药，事急，必须快去快回。虽然变哑巴了，肯定当不了官，肯定哄不了女人，但是比起被"双规"，比起进牢房，要轻得多。他们不差钱，因为他们人人弄的钱自己用不完，儿子孙子都用不完。能保住这些钱，是头等大事。

专车，来回半个小钟头，药取来了，无色，无味，透明的软胶囊。

一把手对路青说，还是你来试吧。路青咽下药，果然就哑了。

他对着一把手比画，当然只有嘴型了，没有声音："我哑了，真的！"一把手不到十秒钟也哑了。一把手用嘴对二把手"说"，"单位就靠你了"，二把手马上也哑了。

不到十分钟，班子里的七个人，全哑了。

他们高兴，任你啥巡视组，还能叫哑巴说话不成？

路青贴出告示：召开中层干部会，由他主持。不一会儿，中层干部们全哑了。

中层干部回到科室，召开职工会，不一会儿职工全哑了。

巡视组到单位，无从下手，因为单位连看门的，都哑了。全部是"哦哦哟哟",简直像牲口市场。驴叫马叫骡叫老鼠叫野兔子叫,精神病院似的。好在巡视组的人见多识广,沉得住气。

不得已,请了全国著名的口腔科专家,精神病专家,脑科专家来会诊,可是没有一个拿得出办法,因为这是一种新的药物致哑,渗透到人的神经系统,暂无药物治疗。

一个全是哑巴的单位,工作却没有耽搁,比如要他们盖的章,签的字,一样办,比以前还快了不少,也不从中拿好处了。

巡视组工作了半个月后,一个震惊全省的大腐败窝案被公开揭露出来,大量的证据面前,单位的领导们,不得不接受被"双规"的命运。

但是,这里面没有路青。

原来,所有班子成员都哑的时候,他并没有哑,因为这种药,虽能传染,但是第一个人服的,却能免疫。

路青就是悄悄给巡视组写材料的人。

这种药,是他妻子研发的,还没有投入使用。路青作为办公室主任,就是单位领导的大跟班,了解到了很多领导贪污受贿的实情。置身于这样的权力部门,腐败的不是一个人两个人,而是众多人。别的不说,连单位守门的都腐败:"有来找领导的,门卫得好处,私下放行。如果没有得好处,严禁入内。"

不过路青也没有逃脱被免职的命运,"药物故意伤害",因有立功表现,免于处分。但从他脸上看不到悲切,相反,还乐呵呵的。他现在是单位的收发,干得比他当主任、进班子时还欢。

那些"哑"了的中层和职工,只不过配合路青的表演,他们根本没有哑。职工虽然也有不错的福利,但也深恨头儿们的贪婪。几个实权科长也倒了,算是多拍死了几只苍蝇。

腹　语

这几年，于副局长差不多成了哑巴，"沉默是金""言多必失"。作为分管副局长，这样也不会抢了一把手的风头。开会时不讲，平时不说闲话，招来是非。

马年春节，于副局长想躲，毕竟自己也不想犯事儿。省部级高官揪出那么多，自己一个科级干部，算什么？想躲，也不那么容易，因为有几个人，不见不行。

有一家乡镇水泥厂，是立窑煅烧，早该关闭了，可是镇上的企业不多，关了财政困难，加上承包这个水泥厂的杜老板，很"懂事"。因此，别人不见，杜老板得见。当然不敢大吃海吃，只好在父母居住的村里见。

杜老板是初三来的，现在谁也不会傻到嚣张送礼，而是技术化处理。网上送礼卡，就是一种好办法。杜老板精着呢，进了屋叫了声："于局长好。"杜老板把"副"字去掉了。

可是，于副局长并没有回答。是他手中的木偶在回答："你好，请坐。"

木偶能说话？木偶，小孩子玩具。马头，愣着眉，竖着眼，一尺来长，周身裹着鬃红色。

杜老板惊诧了，好在见多识广，整个过程，只见于副局长在旁抽烟，一语未发，所有的话，全是从木偶嘴里说出来的。

管他谁在说话,事办妥了,明年再开一年,环保不来封杀,这才是大事。于副局长是分管环保、安全生产、帮乡扶贫的副局长,一言九鼎。

"春节快乐,祝你马到成功!"

杜老板走的时候,木偶的嘴一张一张,字正腔圆。

听说鹦鹉学舌,从没有听过木偶开腔。小时看过木偶戏,有配音,那是人在旁边提示。

杜老板边走边想,大人玩会说话的木偶,啥高科技?

还有个人,不得不见,那就是龙江村的支书吴大头。

吴大头并不是头大,是因为在龙江村,他是天字第一号人物,土霸王。当支书二十年,村里的事,没有他点头,绝对办不成。吴大头把村里的好土地全部流转了,老板却欠村民的土地租金,引起过集体上访,最后通过于副局长协调,再从信用社贷款出来,事情才摆平。

这个村,恰恰是于副局长的帮乡扶贫点,局里这项工作,也由他分管。

几次想把这个吴大头拿下来,可是不行,他已坐大,谁也不敢接支书的位子。今年是换届年,吴大头千万别惹事,所以虽然是回家过年,其他人不准来拜年,但吴大头是一定要见的。这项工作,关系于副局长能不能升迁。

吴大头送的,不是名烟名酒,也不是土鸡土鸭,而是一位女人,村里的妇女主任。说起来也是怪于副局长自己,有一次下村里,喝醉了,把这个女人睡了。女人虽然不难看,但也说不上漂亮,只是年轻,才二十二三,刚结婚。从此,女人有机会就来和他"好",这事儿吴大头可是清楚呢。

于副局长手里拿着木偶,一句一句地聊。妻子儿女初二就回城里,老爸是聋子,老妈在灶屋。

木偶的嘴一张一张的,声音也沉闷,让吴大头和妇女主任感到怪怪的。

说了一阵话,也没有留客吃饭。

"走好,马到成功!"

吴大头虽然有些依依不舍,想说自己儿子考进于副局长下属事业单位的事,但于副局长一句话也没有说,连喉咙都没有动,所以极无趣。吴大头已说明了,这忙,不是白帮的。木偶点头,"要得,要得!"

第三个要见的人,是于副局长自己约的,市委组织部长的秘书小林。

换届,于副局长想动一动,就是到市里任职,本来这没有多大的困难,但是局和局差别大如天,比如财政局和档案局,民政局和史志局,那是没法比的。

小林得了好处。

整个交流,就十分钟不到,于副局长一句话未说,说话的全是马头木偶。

开了年,有封检举信送到纪委,还附有录音。

检举于副局长行贿买官,收受贿赂,乱搞两性关系等等。可是,上级一查,全系子虚乌有。那个录音,根本对不上号,因为于副局长说话的声音,经过声谱还原,和他不搭界儿。

于副局长如愿以偿。

他要感谢的人,不是那位组织部长,也不是组织部长的秘书小林,而是他的师傅:师傅教会他说腹语。

这事儿谁也不知道,连于副局长的家人们都不知道。

因为,网上曝出了好几个官员行贿受贿被录音的事,于副局长终于想到了这个法儿。

只是万万没有想到,他一上任,要做报告,竟然讲不出话来,因为很久,他都没有用嘴讲过话了,用的全是腹语。

当官全靠两张嘴皮子呵,上级无法,只好给他个副调研员干了,一气之下,于副局长还真躺在病床上。

于副局长百思不得其解,怎么就不会说话了呢?

教他腹语的师傅说:奇技,用之于正,身心俱益。用之于邪,身心受害。

风华正茂的于局,成了一个废人。而且不会说话了,啥都用腹语,人们背后叫他"腹癫",不久他还真癫了,进了精神病院。

善 言

邹乡长从省城回来,人比黄花瘦。往常神采飞扬的乡长,现在是见人就笑,逢人握手。那笑和热情,绝不是假装的,从眼神中就看出了他的真挚。

背后大家不明白,一场病能让邹乡长彻底换个人?尽管心中有疑问,但脸上是绝对看不出来,这是行政机关历练出的本事。没有这点,你根本混不下去,哪怕你有天大的本领。

还是有人探出了底,这人就是乡办的秘书小羊。

小羊是市卫校毕业的中专生,人长得一枝花,口才也好,被招聘到乡里,成了乡办的秘书,其实就是乡长的秘书。现在哪个领导没有漂亮的秘书?除非是女领导。

大家私下就很看不起小羊,一个年纪轻轻的女孩子,什么不学好,只会脱。

这天,邹乡长没有来上班,说是到县城复检去了,小羊难得有空,就进了乡妇联主任李玉英的办公室。不一会儿,就听到呜呜的哭泣声。

不出半天,这事就传遍了乡里。

邹乡长回来后,上班的第一天,中午时分,便喊小羊到他办公室来。邹乡长的办公室是套间,里间放了张床。名义上是加班累了好休息,实际上那床的用处,根本不用解释。

小羊羞答答地进来,心里想:这乡长的病还没有好,就这么着急想办那事?嘴上却说:"乡长,有啥事?"

小羊坐在板凳上,跟往日一样用桃花眼看着邹乡长。

邹乡长从保险柜里拿出一沓钱,全是四人头的,少说也有一万元:"小羊呵,以前对不起你,这点钱算是我的补偿。我活不了多久了,你好好嫁人吧!"

这让小羊呆了。为了找上这工作,她把一切都舍出去了说:"乡长,你是不是要解聘我?"

邹乡长道:"你想到哪里去了?"

"那你为什么给我钱?"

"我是觉得真的对不起你。毕竟你是个黄花闺女,让我这个半老头占了,心里很内疚。"

"乡长,我是自愿的,你现在要,我一样给你!"说完眼睛就红了,倒让邹乡长不知如何是好。

邹乡长说是到县里,其实根本没去,他是去了个心愿。按那位算命瞎子老头的说法,一周内必须完成这些善事,否则小命不长矣。可他不想死,孩子小不说,这么好的生活才享受几天。

邹乡长好不容易才找到万文武。

万文武是劲风丝绸公司老总。前年,为了用80万元盘下资产280万元的这家乡镇企业,私下给了邹乡长30万元。

万总见乡长来了,放下手中所有的工作,和邹乡长到了"夜莺"歌厅。邹乡长是有名的业余歌手,当然歌厅还有其他内容,这是男人的共同爱好。

茶毕,挥退两个靓妹,邹乡长从皮包中掏出一张存折,严肃地说:"万总,这张30万元的折子,我一分未动,现在完璧归赵。"

"邹乡长,我还要靠你这根大树乘凉。这几个月生意不是很好,下半年我一定每月把你应得的红利打到账上。你今天来了,这是一到四月的红利5万元,你顺带拿走。"

邹乡长30万元没有拿出,倒多出了5万元进项,让他哭笑不得。

李副乡长一直和邹乡长尿不到一壶。李副乡长资格比邹乡长老,当了两届副职,满以为这届能转正,想不到邹乡长从上面下派,直接把坑占住了。更可恨的是为了转正,他上跑下跳,花了不少钱不说,人也累得个半死,结果竹篮打水。

从邹乡长上任的那一天开始,李副乡长就和他斗心眼。

已过了十点,李副乡长听到有人敲门。

"哪个?"

"老李,是我,老邹。"

"是邹乡长呵,我马上来。"

披衣起床,在客厅说话。由于两人间有种说不出的隔膜,因此很客气。

"李乡长,我也不多说。医生说,我的病好不了,为了不耽搁乡里的工作,我已向县上推荐你作代乡长,我将在这个月底辞职。"

李副乡长勃然变色:"邹乡长,你当乡长是上级下派的,我有想法也只能是想法,根本改变不了什么。但你不能来耍我啊!"

任随邹乡长如何解释,反正李乡长不听,最后只好悻悻而去。

五天后,邹乡长再次住院,医院已通知单位和家属,这人只差时间到阎王那儿报到了。下级来看,上级来看,亲友来看,邹乡长都是爱理不理。直到乡场上那个算命瞎子老头来,才睁开眼睛说话。

屋里的人被撵了出去。瞎子老头说:"邹乡长,你照我说的做了么?"

"我做了,退钱,人家不要。道歉,别人拒绝。推荐,不但没有搞好关系,还以为我是在设陷阱。"

算命的瞎子老头无话可说。

在给邹乡长送丧的路上,小羊、李乡长、万总百感交集。